曇　天　記

toshiyuki horie

堀江敏幸

都市出版

曇天記　目次

表紙写真　鈴木理策
装幀　間村俊一

曇天記

「や」の先にあるものを

二等辺三角形の土地を底辺との平行線で三つに切り分けた先端にあたる角地に、「靴・下駄・その他」という看板をかかげた靴屋が一階に入っている雑居ビルがあって、底辺寄りの土地には、毎夜毎夜、青い光の環で近隣住民の眠りを阻むガソリンスタンドが居座っている。そして、真ん中の部分に、屋根も外壁もトタン張りの、錆び防止にペンキではなく漆黒のコールタールを塗りたくった倉庫が、ぬーぼーとした感じで建っていた。

木造なのか鉄骨なのか、外からは判別できない。頂は箱の上蓋そっくりのガソリンスタンドの屋根より高いところにあるので、三階建て以上になるはずなのだが、なぜか窓は一メートル弱のあいだを置いて向き合う靴屋のビルと接した陽当たりの悪い壁の上方に一列並んでいるだけである。これでは内部構造すら想像できない。窓の上部になにか文字の記された看板があるのだが、確認するには仰角がきつくて首に負担がかかるし、車の出入りも多すぎる。そんなわけで、気にはしつつも素通りする日々が長くつづいた。

あるとき、ふとその窓の方に顔をやると、うち一枚のガラスに黄色いスポンジに似たものがぎゅっと押しつけられているのが見えた。光の加減がよくて、いつもは反射光のなかで消えているはずのなにかがうまく識別できたのだろう。白や薄青の布地らしきものも混じっているようだ。これはなんの建物なのか？ 急に気になって周囲をひとまわりしてみた。裏手にごくふつうの引き戸の出入口があるだけで、手掛かりはない。あいにく靴屋は休みだったので、思い切ってガソリンスタンドの人に声を掛けてみると、お隣？ 廃棄布団屋さんですよ、とこともなげに言った。いらなくなった布団を集めておく倉庫みたいですね、あとで打ち直すか、なにかに再利用するんじゃないですか、窓に見えた黄色いのってのは、布団の中身でしょう。

私は面食らった。建物の正体にではなく、廃棄布団屋さんという言葉に。疑念を察知したのか、彼は、目の前の道路がゆるいカーブを描きながら下りになっていくあたりの小さな歩道橋を指差して、あの橋の、反対車線の階段をのぼったところからこちらを御覧になってください、と笑みを浮かべた。

言われるままその歩道橋にのぼってみると、驚いたことに靴屋のあるビルの屋根が思わぬ角度に切り込まれ、コールタールの建物の壁をわずかだが見通すことができた。するとそこには、「廃棄布団や」という文字が刻まれていたのである。なるほど、廃棄布団という言葉は存在するのだ。しかし「や」は、「屋」ではなく平仮名である。とすれば、これはあとになにかをつづけるための助詞ではないか？

歩道橋の、中途半端な高さが垣間見せてくれた「や」の先に、なにがありうるのか。答えは容易に見つからなかった。私はいまも、そのなにかを辛抱強く探し求めている。

アスファルトの盤上戦術

年に一度、二十数階建てのビルの高層階に軟禁されて、開かずの窓に取り付けられたブラインドの薄い羽と羽のあいだから、はるか下界を眺めていたことがある。二車線の道路を挟んだ対面に古く重厚なビルが建っていて、視界がそれで塞がれていたわけではないけれど、適度な存在感が下から上へと伝わってくるのがガラス越しに感じられ、無為の時間をまぎらわす貴重な愉しみになっていた。

自分より高いところから見下ろされても、隙を見せない建物がある。ここでの隙とは、隣のビルと接していて遠くからはわからない壁面の仕あげに手を抜いたり、誰ものぞきはしないとの理由で、屋上の出入口や空調ダクトの位置、給水塔の形やアンテナ類のまとめ方に気を遣ったりしていない、というほどの意味だ。用途と予算を考慮し、ぎりぎりのところで設計されている以上、人目に付かない箇所をよい意味でごまかすのは理解できる。しかし、私が軟禁部屋の窓から眺めていたビルには、屋上に飛び出している物や色の配置に独特のリズムがあった。それは内部配線や基盤まで統一的に設計された家電の背面を連想させる一種の美学、あるいは作り手の意地の表れのようなもので、空以外に見るところがなくなると、いつもそこに視線を戻していたものだ。

ところが、その配慮の行き届いたビルが、ある年、丸ごと消えてしまったのである。都心の一等地だから、更地のまま放っておかれるはずはない。新しいビルが建てば、次なる屋上の美学を目にすることができるだろう。期待しながら迎えた翌年、ふたたび囚われの身となって地上を眺めてみると、そこは黄色い編み目のフェンスに囲まれた駐車場に変貌していた。出入口は大通りに一箇所あるだけで、もう一辺の方まで係員に誘導された順番待ちの車が鉤形に並び、色とりどりのボンネットが谷間を一様に照らす曇天の光に鈍く反応している。

表向きは満杯なのだが、五分から十分のあいだに必ず一台が出て行き、べつの一台が滑り込む。その動きの、なんと規律正しく、なんと幾何学的だったことか。平地で横から眺めているだけでは想像もできない、乱雑のなかに潜むストイックな盤上戦術が、眼下で淡々と、すでに終わった一局の棋譜を再現するかのように展開されていた。こんな動きを読めるなら、屋上の美学は放棄してもいいとさえ思ったほどだ。

残念ながら、私はその後、特権的な場に閉じ込められる権利をみずから放棄せざるを得なくなって、アスファルトのうえの、勝ち負けを超えた美しいゲームの観戦機会をも奪われてしまった。下を見るのではなく上を見ることを旨とする健全な日々に戻りはしたけれど、あの盤面がいまどんな模様を描いているのか、こっそり確かめに行きたいと思う。

足もとの沈め方

雨水であちこち錆び付いた鉄の階段をのぼり、橋の真ん中あたりまで差し掛かったとき、ランドセル姿の子どもたちが数名、反対側の階段をわいわい騒ぎながら駆けあがってきて、橋を渡らずにどんどんと足踏みを始めた。あ、と思うまもなく舗装面が地震の縦揺れのようにぐわんぐわんと反り返って、足もとがふらついた。どうやらわざと揺らして気の弱そうな通行人を驚かすつもりだったらしい。期待どおりに驚いたこちらの顔を見て、彼らは満足そうに笑いながら今度は一気に駆け抜けて行ったのだが、しばらく身のうちに残っていたその揺れの後味は、まだ小学校にあがる前、初めて歩道橋を渡ったとき途中ですくんでしまった頼りない足の感覚を思い出させてくれた。

二車線の道路と車線なしの公道がほぼ十字に交わる一点に向かって、一方通行の細道が斜めに合流してくるあたりに架けられていたその歩道橋には、砂地のような粒々した舗装がほどこされていて滑る心配はなかったし、橋梁も丈夫そうだったのだが、何人かいっしょに渡ると、真ん中あたりに揺れが生じて、足が沈むような気がした。歩道橋は橋桁に負荷が掛かりすぎて中央で折れたりしないよう、わざと沈むように設計されているなんて知識もなかったので、このまま崩れたら道路に落ちて怪我をしたまま車に轢かれてしまうにちがいないと、怖くてしかたがなかった。そういう情けない子どもは私一人ではなかったから、上級生の悪童たちが下級生を待ち伏せし、両端でどんどん飛びはねて橋を揺らすといういたずらは、むしろ定番のうちだったのである。

十代の終わりに上京し、東京の町を歩くようになると、大きさはもとより階段の角度や形も田舎のそれとはずいぶんちがう歩道橋の多様性に魅了された。陸橋の通称とその下を走る道路の名が表示板に明記されているため、町歩きに慣れていなかった頃は、あの歩道橋を渡って右、あるいはくぐって左、という覚え方で、迷子にならずに済んだことが幾度もあった。

先日、ある集まりで、そんな歩道橋体験のあれこれを話したら、微妙に鈍い反応が返ってきた。歩道橋が近くにあっていまも実際に渡っているということは、要するに空気の悪い大通りの近くに住んで、車ではなく徒歩中心の生活をしていることを意味する。言葉には出さないものの、立派な企業人である彼らは、こちらの住環境の劣悪さと経済力に同情しているようだった。しかたがない。私はべつの話を振ろうとした。

ところが、しばしの沈黙を経て、彼らは熱く語り出したのである。ふだん気に掛けたこともなかったので虚を突かれたけれども、考えてみたら最後に渡ったのがいつだか思い出せないくらい長いあいだ歩道橋を渡っていない、自分にもその揺れの覚えがある、と。別れ際、彼らの足もとがふらついていたのは、飲み過ぎた酒のせいではなく、居合わせたみなの言葉で揺らした、見えない歩道橋のせいだったのかもしれない。

さっきまでなかった窓

いつのまにか高さ四、五メートルほどの大ガラスのストールが巻きあげられて、日没の気配の近い曇り空が視界にひろがっていた。濃淡のない均一な灰色の雲には、切れ目も流れもない。その下に、木立の影が美しく映えている。中央が低く、両端が高い。ふつう街路樹は高さが揃っているかまったくばらばらかのどちらかで、剪定された庭木のようにはならないはずなのだが、量感といい形といい、じつに不思議な光景である。なにかに、それは似ていた。黒いマントをかぶった角二本の鬼。墨だけで描かれた巨大な襖絵の一部。惑星ソラリスみたいにこちらのどろどろした無意識を映し出す鏡。ああでもないこうでもないと思いめぐらしながら、私はその塊が空に溶けていくさまを眺めていた。

腰を下ろしていたのは、駅前のビルの二階にあるどこもかしこも真っ白なカフェの、入口近くの壁に張り付くように置かれていた二人用のテーブル席である。待ち合わせをしていた女性から、なるべく入口の方に座るよう命じられていたのだ。窓際にいると、あなたは全身から力の抜けた阿呆面で、ぼおっと外ばかり見ていらっしゃいます、声を掛けても振り向いてさえくれません、お仕事の話をするのであれば、相手に失礼のないよう多少は張り詰めた表情を保つべきでしょう、なにがあっても窓際の席に腰を下ろしてはなりません。

そもそも彼女がこの店を選んだのは、べつの打ち合わせのあったこちらの予定を考慮してのことだった。私は極端な方向音痴で、待ち合わせ場所にすんなり辿り着けたためしがない。そこである時期から、人と落ち合うときは、通勤途中にあってまちがえようのない、しかも「窓際のない」陰気な喫茶店と決めているのだが、外回りの仕事のあいまを利用する際には、前後の移動が楽な場所を選ぶことになる。優秀な彼女は、こちらが過去に曝した失態の数々を計算に入れて、そこで降りるなら駅舎の正面の建物の、二つか三つ右手にある店しかありませんね、とおごそかに述べたのだった。

若い人たちが集まる有名な通りには、もっとよい店があるかもしれない。しかしその入口は急な下りになっているので、転ぶ可能性がある。駅の左側を出ても下りになるから、残る選択肢は、勾配の少ない右手に折れる道しかないというわけである。私は指示に従い、完璧な足取りで、十分な余裕をもってその店に到着し、意識を店内に向けて本を読んでいた。それなのに、突然ストールがあがって禁断の窓が出現したのである。心はすでに、外に飛んでいた。幅の広い河の向こう岸からかすかに呼ぶ声が聞こえたのは、ちょうどそのときだった。

不審物の取り扱いについて

構内で不審物をお見かけになられましたら、ご面倒でもお近くの駅員までお知らせください。そんなアナウンスをこれまで何度聞かされたことだろう。国外で物騒な事件があったり、重要な国際会議が都内で開かれたりするたびに、清掃はふだん以上に行き届いて、紙ゴミやペットボトルを捨てたいと思っても、透明な袋がぶら下がっているゴミ入れ一つ見あたらずうろうろしてしまい、まるで自分が犯罪者であるかのような気分になってくる。もっとも、予防とはそうした罪の意識を人々に植え付けるものかもしれない。子どもができてからつづけてきたインフルエンザの予防接種を経済的な理由で止めたとたん、一家全員みごとにやられたとか、町内の冬期「火災訓練」を取りまとめ役の事情で急遽中止した翌日に大火に見舞われたとか、それまでの積み重ねが一度の過ちで崩壊し、中止や延期を決めた者が罪に問われる。予防をつづけさせるのは、万が一の事態が生じた際に悔いが残るからで、多少の不便があってもこうした措置の継続に文句を言うつもりはない。言わないどころか、あってはならない不審物をみずから発見できないことに、しばしば罪悪感を抱きさえしてきたのである。

しかし、私は遭遇してしまったのだ、その不審なるものに。日本最大級の駅の、ほとんどひと気のない早朝のホームでのこと、遠出のための荷物をがらがら引きずって指定券を手配した車両の乗り場まできてみると、扉の位置に引かれた黄色い誘導路に駅弁が落ちていた。いや、より正確には、置かれていた。キオスクも弁当売り場も開いていない。それなのに、一粒の米も失われていない完全無欠の幕の内弁当が、蓋を開けた状態で、割り箸まで揃えて置かれていたのだった。よくあるテレビ番組のいたずらだろうか？　私はまずそちらを警戒した。駅構内に駅弁が出現するのは、論理的に言って許容の範囲内である。不自然なのは、駅弁が売られていない時間帯であることと、監視カメラのモニターで簡単にチェックできる場所に放置されていたことだ。弁当箱のなかに爆弾が仕込まれていないともかぎらない。周囲を見まわすと、反対側のホームの端に、背伸びをしている駅員がいた。自分の荷物を置き去りにするわけにいかないので、それをがらがらと引きずりながら移動し、途中で声をあげて駅員の助けを求めた。

すみません、向こうの、グリーン車の停まるあたりに、お弁当が置いてあるんですが。第一発見者の誇り半分、緊張半分で、声はいくらかうわずっていた。お弁当？　ええ、蓋が開いていて、しかも食べかけのではないんです。ほほう、と駅員の反応は雨雲のように鈍かった。致命的な失敗だった。英雄になる機会をこんなふうに逃すなんて。私はたんにこう申し出るべきだったのだ。あそこに「不審物」があるんですが、と。

皇帝のテーピング

朝方、資源ゴミに出す雑誌類を紐で縛ろうとしたとき、カッターで左手の中指の腹を横一文字に深々と切った。鈍い痛みが走って、じわじわと赤い直線が盛りあがる。すばやく水道水で洗い、ティッシュで止血したあと、軟膏を塗って絆創膏を貼ろうとしたら、箱のなかは空っぽだった。しかたなく消毒済みのガーゼを小さくカットし、それを肌色のメディカルテープで止める。まずは縦にひと巻き、補強のため横にひと巻き。そんな処置をするのが久しぶりだったせいか、指先に神経の集まる感覚が妙に新鮮で、職場までの道々、電車でつり革につかまって干し大根みたいにぶらぶらしながら、私の目はおなじようにつり革を頼りにしている乗客の手に吸い寄せられていった。

指先に絆創膏をしている人はいるだろうか。幾駅か通過するあいだ、少しずつ移動しながら観察してみたところ、おなじ車両には一人もいなかった。たぶん、もうこの先もいないだろう。そう思ったとき、終点間近の駅から、際だって背の高い女の子が二人乗り込んできた。つり革の輪が顔の下にくるような体格だし、どちらも両手の指にテーピングをしていたから、なにをしているのかは察しがつく。やや背の低い方は、ローランドのキーボードケースを抱えていた。音楽もやるのだろう。

むかし、バレーボールでセッターをやっていた友人に、トスの上げ方を仕込まれたことがある。基礎を教わったあと試合形式で試してみたのだが、しばらくして指に痛みを感じたので、突き指防止のためにテープを巻いてもらった。その状態で再開してみると、当然ながら感覚がちがう。微妙な力が伝わらず、高さも角度の調整もうまくいかない。俺たちはあらかじめその感覚のずれを計算に入れてプレーをしてるんだ、と友人は自慢げに言ったものだ。

やや背の低い方の女の子は、キーボードケースを縦にして床に置き、たあいない話をしながら、それを支える太くぼてっとした指で、架空の鍵盤を叩いている。その動きを追っているうち、つい先だって引退宣言をした、モラヴィア生まれのピアニストの顔が浮かんできた。フィリップスから出ていた『皇帝』のＬＰを買ったのは、右のごとくバレー部の臨時初級部員でもあった頃のことだ。私を引き付けたのは、ジャケット写真だった。地味なカーディガンをまとったその人の、右手の中指と人差し指の先に、雑なテーピングがほどこされていたのである。撮影前になぜ剥がさなかったのだろう。演奏するときは剥がすのか、それともその状態での演奏を前提にして練習を重ねるのか。疑問はいまも、未解決のままだ。

キーボードの彼女の指は、終点までずっと動いていた。列車の振動に合わせて叩いているようにも見えたけれど、どんな曲を演奏していたのか、こちらも謎のままである。

お地蔵さんに珈琲を

自動販売機から転がり出てきたばかりの缶のプルリングを震える手で引っぱがし、その場でごくごく飲み干すような人をあまり見かけなくなった。ペットボトルの飲料を買って、好きなときに鞄やリュックから取り出し、必要な分量だけ口にできるようになったからだろうか。以前はよく、なぜこんな場所にと腕を組んで考え込みたくなるような一角で、商品見本を照らす蛍光灯の澄み具合や、本体の汚れから判断するかぎり利用者がいるとはとても思えない個体の前で、黙々と喉を潤している人に出会ったものだ。こちらもつられて、飲みたいわけでもないのに小銭を入れてしまったことがある。

昼間でも夜中でも、人の気配のない通りにぽつんと置かれた自販機と対峙するのは、なかなか勇気がいるものだ。昨年の暮れ、仕事に倦んで深夜の散歩に出たとき、せっかくだからふだん通らない道にしてやろうと思って、いつにも増して方向感覚が狂うような歩き方をしてみたら、二階建ての小さなアパートと七階建ての古いマンションのあいだに、赤い前掛けを着せられたお地蔵さんが、仲良く自販機と並んでいるのを発見した。畑のあぜ道をそのまま舗装した区域が多いせいか、寒空のもとで無聊をかこっているお地蔵さんが目に付く。その地蔵脇の自販機は、どんな季節にも対応できるよう、冷たいものと温かいものが半々に揃えてあるハイブリッドだった。信心深いおばさんが、ここで缶入り飲料を買ってお供えをするのかもしれない。通り掛かったのもなにかの縁だ。私も心あるところを見せたい。まずはお地蔵さんのために、それから冷え切った自分のために、温かい缶入りの炭焼珈琲を二本買おう。

こんな時間に自販機を使ったら近所迷惑になるだろうなとびくびくしつつ、私はコイン投入口からそっと小銭を落とした。車一台通らないしんとした場所である。お金の音はもちろん、品物の落ちてくる音もかなりの大きさで響いた。万が一注意されたら、お地蔵さんにお供えをするつもりだったと説明すればいい。なされつつある善行に早くも酔いながら、私は品物を取り出すために身をかがめた。その瞬間、アスファルトのうえに赤いランプの光が縦横無尽に明滅し、騒々しい電子音が鳴り響いた。警報が鳴ったのか？　アパートとマンションの窓が一斉に開き、住人がこちらに目を向けている気がして汗が噴き出す。

怪しげな音は、まもなく止んだ。しかし赤いランプは点滅しつづけている。その自販機は懐かしい当たり付きの機種で、私はみごと幸運を引き寄せたのだった。おなじホットの炭焼珈琲をもう一本、ガチャンと落とし、なに食わぬ顔でお地蔵さんに渡した。そして、一気に流し込むにはむずかしい温度の、甘くて苦い不思議な液体を、黙っていっしょに飲んだ。

老治療師の教え

革靴ではない音が大通りに響いて、それがどんどん左後方に迫ってくる。振り返って確認したわけではないのだが、なにか黒くて大きな塊が祟り神のような圧力をもって近づいてくるのだ。瞬時、全身をこわばらせ、それからいつものように、左半身に神経を集中した。

基本的に、私は右利きである。右投げ右打ち。文字を書くのも、箸を持つのも、運命を分かつジャンケンも右手でおこなう。ただ、むかしから役割分担としては左の方が重要で、珈琲カップや受話器はつねにこちらで取りあげてきた。利き耳も左だし、書棚から本を抜き出すときも左手が先に伸びる。ドアをノックして、取っ手に触れるのも左手だ。

十年ほど前、尋常ではない疲れに襲われて、身体がまったく動かなくなったことがある。なにを試しても楽にならないので、知人のつてを辿って、とある老治療師のもとに何週間か通った。私の身体に触れるや否や彼はひどく咳き込み、相当に悪いですな、と真面目な声で言った。いま、吸い出しています、咳はそのせいであって、風邪ではありません、ご心配なく。そう説明しながら、通常のマッサージと変わらない手順であちこちの筋をもみほぐした。

ところが時折、なんの器具も使っていないのに、彼の掌から静電気のようなものが伝わってくるのだ。私は左半身でそれをはっきり感じていたのだが、気味が悪くて黙っていた。施術を終えたあと、老治療師は笑みを浮かべて、左で感じていたでしょう、感じる人とそうでない人がいらっしゃいますが、あなたは前者だ、しかも鋭い、見込みがある、わたしはもう年だし、後継者もいない、ちょっとした灰汁の抜き方を教えてあげましょう、と言う。何度かの施術のあいだに、言葉どおり老治療師はちょっとしたコツを私に伝えた。そして、最後の治療の半年後に亡くなった。

それからである。他者の気配に似たものが左半身を出入りする、奇妙な感覚に襲われるようになったのは。まず、男女のべつなく、重い相談を持ち掛けられることが増えた。悩みを抱えている者が集まってきて、いびつな言葉の石を私の胸にどんどん投げ入れていくのである。老治療師から伝授された技は、他者の灰汁抜きにのみ有効で、自分のなかに蓄積された恨みつらみを排出することができない。だからときどき飽和状態になって、私は倒れた。自然放電されるまで、ただじっと横になっていた。

その日は放電を終えたばかりで左半身は軽く、脳は赤黒い液体のイメージをはっきり描き出していた。血だ。思うまもなく黒い塊は私との距離を一挙に詰めて、横に並んだ。祟り神の正体は、制服姿の高校生だった。それも、いかついのが二人。

追い抜かれる瞬間、左耳が彼らの会話の端をとらえた。

トマトジュースの缶って、毎回、味変わるよな。

あれはやばいよ、鉄分が入ってるから。

脳裏に浮かんだ血は、トマトジュースだったのか？　誰にも言わずに抱えていた特殊な能力に、いよいよ陰りが出てきたのかもしれない。

背中のある風景

スモークガラスの重いドアを押して入ると、大学の教室で言えば六十人ほど入れるくらいの空間に、二人掛けのテーブルが規則正しく並んでいた。入口側の椅子に一人ずつ客が座って、丸まった背中をこちらに晒している。みな後頭部が、雨に濡れたようにてらてら光っていた。ここはいったい、なんの店なのか。振り返って、大きなゴムの木の脇に立てられた黒板をつくづくと眺めた。

本日の定食、ポークソテー、ポテトサラダ、野菜スープ、ライスまたはパン。ライス大盛りは五十円増し。まちがいなく、喫茶兼レストランである。うろたえる私の背中に、どうぞ、こちらへ、と甘い声が掛かった。綺麗な楕円形の、つまり顎の見あたらない顔に、なつめぐのような目が二つ。ショートカットの前髪に、機能的にはあってもなくてもいい立派なピンが付いている。ちょっと舌足らずのその声に引き込まれるように、私はいちばん奥に空いていたガラストップのテーブルまで、凝り固まった背中の群れを縫って歩いた。

さてどうするか。反対側に座ったら、すべての客の顔を見なければならなくなる。あまのじゃくというほどではないにせよ、私はなるべく人と反対のことをやりたい性格で、こういう場合、みなとちがう方に顔を向けることを選ばねば気が済まない。腰を下ろして初めて気づいた。客は男ばかりで、テーブルはどれもゲーム機だったのである。ただし効果音は消され、店内には民放のＦＭ放送が流れていた。マンガを読みながら食事をしている客もいたけれど、顔をあげている者はいなかった。これでは女性客が入るわけはない。

氷入りの水とおしぼりを持ってきてくれたなつめぐの目の女の子に、定食を、ライスで、と注文した。ランチお願いします！　厨房に向かって、甘ったるいけれど途方もない大声で彼女は言う。その声の大きさと甘美さのアンバランスに、私はしばし陶然としてしまった。訓練を積んだ声楽家でも、こんなに説得力のある不思議な声の出し方はできないだろう。ふと周りを見渡すと、他の何人かの客が、おなじくとろけるような顔つきで彼女の姿を、いや、彼女の声を追っていた。すると、離れたところに座っていた客が二人誘い出され、立ちあがってレジに向かった。

どちらも、なにやらいろんなものが詰め込まれたプラスチックの洗面器を小脇に抱えている。座ったまま伸びをして、顔をあげていない客たちの姿をなにげなく確認したら、ほぼ全員、洗面器を横に置いていた。あ、と声が出そうになる。後頭部のてかりは、洗髪したあと、ちゃんと乾かしていないしるしだったのだ。店の前は、銭湯だった。食べてから湯を浴びる人はいないのか。私は決意した。よし、これを食べたら、銭湯に行こう、と。

野菜を売る本屋

近所に、野菜を売ってくれる本屋があるんですよ。何度話しても、その人は信用してくれなかった。じつは、以前にも、「犬・猫の鳥政」という奇妙な名のペット屋さんに連れて行きますと約束しておきながら、いつのまにか店がつぶれてしまって、果たせずに終わったことがあるのだ。こちらの責任ではないのだが、おそらくほらだと思われたのだろう。その疑惑が晴れないうちに、また馬鹿なことをと、心底呆れた様子だった。しかし、嘘ではなかった。少し前に、私はその店で、表紙の黄ばんだ文庫本と週刊誌とネギを、またコクヨの四百字詰め原稿用紙二十枚入りを数束と蕪をひと山、確かに買っていたのだから。

二十一世紀の東京の、はずれではあれ区部に存在するその奇妙な本屋を知ったのは、十数年前のことである。散歩の途中、幹線道路沿いに二階建ての倉庫みたいな本屋があったので近づいてみると、一方の壁に接した無人の野菜スタンドがあって、ニンジンやジャガイモが並んでいた。どれも百円か百五十円である。代金を入れる木箱の脇の、白木の卒塔婆みたいな細長い板きれに、《小銭のない方は書店に声を掛けてください》という文言が黒マジックで書かれていた。両替に手を貸すくらいなら、最初から野菜も店内にお持ちくださいと書けばいいのにと思いながら本屋のガラス戸を開けると、今度は目の前の書棚に、野菜スタンドの卒塔婆の文字で、《道路地図もアリマス》と大きく書かれた紙が貼られていた。つまり経営者はおなじだったのだ。本屋の方は半分趣味でやっていたのかもしれない。

八百屋が本屋を兼ねているのでも、本屋が八百屋を副業にしているのでもない不安定な状態は、新刊書を扱っているのに不定期営業という一点に由来していた。実際、近くを通っても、平日は閉じている方が多かったのだ。いつだったか、たまたま開いている日に、表紙の折れた海音寺潮五郎の文庫と、埃を被ったアクリルの棚に転がっていた、復刻ではない、ということは三十年も売れ残っていたと思われる、少しだけ粉を吹いたBOXYの黒い消しゴム数個を、青々としていびつな形の胡瓜と合わせてレジに差し出したとき、店番のおばさん、いや、じつは大地主の奥さんかもしれないどこか典雅な女性に営業時間を訊ねてみたら、午後のね、暇なときに開けるの、という返事だった。

野菜も売る町の本屋がこのあとどうなったかは、言い添えるまでもないだろう。嘘ではないと胸を張ってからあまり日の経たないうちに、あっさり閉じてしまったのである。シャッターの下りた入口の壁からは看板が剝ぎ取られ、白々とした長方形の跡が残された。そうして、私にはまた一つ、嘘つきの汚名が貼られたのである。

背後に甲虫の気配を

正しくは、ガスタンクじゃなくて、ガスホルダーって言うんですよ。なんだか、味わいに乏しいですけどね。

年に一度の顔なじみになっているその清掃会社の青年は、わが家の古い台所のレンジフードの、素人では手の届かない場所にこびりついた黒い脂を、業務用洗浄剤で完璧に落としながら説明してくれた。午前中にやってきて、まず汚れたアルミの網型フィルターとシロッコファンを取りはずし、作業場に持ち帰って特殊な装置でぴかぴかにする。午後、それを取り付けに戻ったとき、拭き掃除もしてくれるのだ。これを頼まないと排気が悪くなり、やはり年に一度の換気検査の人に叱られてしまう。

注文は、建物ごとに受ける。集合住宅なら、一棟につき数戸の依頼がある。そんなわけで彼は、特定の区域内の、いろんな建物のレンジフード事情に精通していた。

九〇年代に作られた型は金属板もぺなぺなでコーティングも悪く、原液に近い状態で洗浄剤を用いるとたちまち塗料が剥がれるので手順を微妙に変えているとか、お宅のとおなじ型はどこそこのマンションの五階に設置されていたのだが、先だってついにモーターがやられて取り替えになったとか、自分は壊れる寸前のモーターの、滑らかではないベアリングの音が好きだとか、非日常的な香りのする話を三十分ほどしてくれる。

今年の雑談のなかで出てきた地名に、私は思わず反応した。かつて頻繁に利用していた路線バスがその町を通っていて、沿道に巨大なガスタンクの群れがあった。日暮れどきにあの甲虫みたいなのを彩る鶯色と鴇色のグラデーションがいかに美しいか、それを熱く語ったところ、なるほど、あそこの近くのマンションの台所から丸い頭の部分を見たことがあるんですが、言われてみればたしかにでっかい虫に似てますね、支柱が脚になっていまにも動き出しそうで、と青年は賛意を表し、ガスタンクの正式名称を教えてくれたのだった。

ガスタンクの、もとい、ガスホルダーの真の愛好家は、現物を見るのではなく、むしろ気配を味わうのだという。形が見えなくても、頭上に軽やかな鉄のバルーンが浮いているのを感じ取ることさえできれば、それで幸せなのだ。そんな話をすると、青年は雑巾の動きを止めてこちらを向き、貴重な情報を教えてくれた。翌日、私は早速バスに乗って都内のガスホルダーまで出かけた。青年の言うとおり、数基のガスホルダー、いや、ここはまたガスタンクとしておこう、とにかくその親しい甲虫の群れを背にして、赤々とした看板のハンバーガーショップが建っていた。球体の天辺に心を奪われていたとはいえ、なぜこの店の存在に気づかなかったのか。茫然としたまま、私はそこで、薄く、かつ舌の焼けるような珈琲を飲んだ。背中に、あの甲虫たちの気配をひしひしと感じながら。

すでに知っている未来

たとえば、なにかの理由で溜めてしまった新聞を開き、数日前の天気予報を読んだとしよう。まだ刷りたてのインクの臭いが消えずに残っている、少し湿り気のある真新しい紙面を開き、すでに過去のものとなった天気の、報告ではなく予報を読む。そこにどんな意味を見出したらいいのか？

その日がどんな天気だったのか思い出せないとき、「過去になされた未来の天気予報」は、かりにそれが当たっていれば有益な資料になる。夏休みに課された宿題の絵日記の、忌まわしい天気欄を事後的に埋めるには、古新聞くらいしか頼るもののない時代がかつてはあった。私もその例に漏れず、三十日分の天気をいっぺんに書き込まなければならない危機に陥ったことが幾度もあって、どうせ夏なのだから「晴れ、午後に雷雨」とでも書いておけば半分はごまかせたはずなのだが、そこは慎重を期してデータとなる前のデータを参考にしたのである。ただし、天気をねつ造するという、神にも劣らぬ権力の行使は、爽快であると同時に後ろめたいものだった。

いまはもう止めてしまったけれど、大学で仏語の基礎クラスを担当していた頃、未来形の語尾変化を学ぶ教材として、よく新聞の天気予報を使った。たとえば、「日中は晴れ間も見られるが、雲がひろがりやすく、午後は俄雨のところもある」といった見かけ上の現在形は、翻訳ではすべて未来形になるから、例文には事欠かない。いまと未来が密接に結ばれている天気予報的空間で主語を担うのは、曖昧な非人称を含め、太陽や風や雨や山や海などの、三人称の単複どれかと決まっている。二通りの語尾変化を押さえておけば対応する主語の見分けは付くので、教えやすいのだ。

それにしても、過去の天気予報を読みながら、すでに結果が出ている未来と言葉を交わすのは切ない。天気予報が予報として機能するためには、事が起きる前にその情報を受け取らなければならないのだが、こうした情報を事前に知っていた場合とそうでない場合とでは、はたして空の見あげ方に差が出るものだろうか。服装も待ち合わせ場所も、そのために早めた仕事の段取りも予約した店の種類も、一日を終えたあとで過去になされた未来の可能性を知ってしまうと、無意識に選択していたすべての行動がまったくの無駄であったかのように見えてくる。

曇り空の思念を追う者としては、降りそうで降らない空がいつあらわれるのか、本当はいつも気にしていたい。しかし、あらかじめ天気予報を調べて、来るべき曇天と仕事の進行を合わせながら時間を捻出するのは、真の散歩精神に反する行為である。だから無理はしないで、暇な日と曇天の訪れの一致を気長に待つ。曇り空を逃すたびに、逃したことに対する悔悟と次の機会への期待に苛まれて、なかなか仕事に集中できない。どちらにしても気が散ってしまうのだが、晴れた日や雨の日を待ち望む場合となにかが大きくちがう気がするのは、それがやはり曇天の魅力だからだろうか。

ゆで卵をくれた人

大学院生の頃、通学によく上野駅を利用していた。東北本線か高崎線を使えば、どちらも下宿のあった町までわずかひと駅である。当時は、夜になると、遠方に住んでいる人たちが席取りを兼ねてホームに新聞紙を敷き、背広姿のままあぐらをかいて、二、三人の仲間とビールやカップ酒を飲んだりしていた。駅員に注意されなかったのは、大声で喋ったり騒いだりしなかったからだろうか。彼らの近くを通ると、アルコールと煙草とさきイカの入り混じった濃厚なにおいがぷうんと流れてきて、鼻をついた。

ある蒸し暑い夏の夜のこと、いつものホームにぼんやり立っていたら、すぐ隣にいたグループの一人が声を掛けてきた。あなた学生さん？　はい。私は身構えた。腹減ってるでしょ。いえ、夕食はもう済ませました。そうは見えないよ。彼は若者が食事を済ませたかどうか、外から見極めることができる特殊能力の持ち主らしい。こちらを見あげながら、ゆで卵が入った赤い網袋を差し出して、一個、食べなよ、と言う。目が、かすかに泳いでいた。逆らって因縁でも付けられると怖いので素直に従ったのだが、それから十日ほどしてまたおなじ人に会い、さらに数日後、また会って、そのたびに私はゆで卵をもらった。

やがて、短い言葉を交わすようになった。彼は路線の南北で電化方式の異なる不思議な駅からさらに車で三十分のところに住んでいるという。片道約三時間の通勤だった。この即席酒場だけが心の支えでね、とまじめな顔で繰り返した。そういう人、多いんだ、仕事が早く終わっても、この時間に合わせて帰るなんてのもいてさ、じきにあらわれるよ、つまみを持ってきてくれるんだ、それで、ちょっと話をして、いっしょに帰る。ああ、まるで田村隆一の「夏の光り」の一節みたいだ、と私は思った。

おれは
ヨット乗りの絵描きと
上野駅の殺風景な構内で
神が到着するのを待つていた

午後六時三分の上野着で
神は千三百米の高原から
ワラビとシイタケを両手にぶらさげて
汽車からおりてくるはずだつた

上野駅はその後、完全に変貌してしまった。陰気で、妙に明るくもあった、あの夏の空気はもうない。あの夏の自分も、そこにはいない。だからなのか、美術館や動物園に行くたびに、冷えたゆで卵をくれた人の、三日つづいた曇り空のような表情を思い出す。結局会わずに終わった、つまみを持ってくることになっていた人のことを、しばしば考える。

仲間がみやげを持ってくるとゆで卵の人が言ったとき、横に座っているやはり顔見知りになっていた男性が、うん、そう、とうなずいて、家で飲むより、酒場で飲むより、ここの方が楽しいんだよ、と付け加えた。どう言葉を返していいのかわからぬまま、私は手にした冷たいゆで卵の殻を丁寧に剥いて、神の到着を待たずにゆっくりと食べた。喉に詰まらないように、ではない。急いで食べてはいけないものだと思ったからだ。コピー用紙で切った指先に、ひとつまみもらった小袋の塩が、じわりとしみた。

レースを紅茶で染めようとして失敗した色

ある夏の午後、高台に建つ館の二階の窓から、私は一人の女性と曇り空を眺めていた。形の崩れたやわらかい筆ですりそこねた墨を塗ったような、むらのある雲が空を覆っていた。これとそっくりな空でした、と彼女は言った。音も光も吸ってしまいそうな雲が、山の向こうまでずっとひろがっていて。

ドイツ占領下の時代、彼女の婚約者は親しい者たちに害が及ばないよう身を隠していたところを連行され、そのまま消息を絶った。戦争が終わり、強制収容所に送られた可能性を知らされたが、大切な人がそんな場所で息絶えたなんて、どうしても信じたくなかった。しかし、いつまで待っても情報は得られなかった。何度目かの夏、彼女はおなじ窓から、私に墨を連想させた灰色の空を、彼女の言葉を借りれば、「レースを紅茶で染めようとして失敗した色」の空を眺めていた。あちこちまだらになって、でも、白く残ったところから必ずしも光が漏れてはこない、そういう空だったという。

どのくらい時が経ったのか、まだ野原に等しかった村道の先にふと視線を落とすと、ひょろりとした見知らぬ男性がこちらに歩いてくるのが見えた。男はそのまま館の門を抜け、呼び鈴を鳴らした。自分は、あなたの恋人と収容所で苦難を共にした者です、と男性は彼女の目をまっすぐ見つめながら言葉を絞り出した。彼とはたがいの胸のうちのすべてを打ち明け、励まし合い、何度も危機を乗り越えてきました、そして約束したのです、万が一どちらかが息絶え、どちらか一方だけ生き延びたら、相手の恋人にその死を伝え、自分の恋人として守り抜くことにしようと。

そこまで聞いて、彼女は最愛の人になにがあったのかを理解した。一年後、彼女は曇天の下にあらわれた男性と結婚し、二児をもうけた。三十数年の後、下の息子が留学生である私と知り合い、北仏にある実家の館で夏を過ごしたらどうかと誘ったのである。彼女のいまのご主人、つまり友人の父親にも恋人がいた。しかし彼はその大切な女性のもとに戻らず、死に際の約束を守って母親のところへやってきたのだ。わたしは幸せです、でも、こういう空を見るたびに、主人と結ばれるはずだった女性のことを思うんです、あの人の方が生きていたら、わたしではなく、夫を待っていた女性のもとに行っていたでしょう、そう思うと、なにがなんだかわからなくなってきたりもするんです、女性の気持ちも考えず、男二人の勝手な取り決めを素直に受け入れてしまった自分のことが。

館の窓から見える曇天の空気は、なぜかひどく乾いていた。身体の底に深く沈んだ感情を、これ以上は外に出すまいとしていた女性と並んで遠くを見ていた数刻が、この季節になるとしばしばよみがえる。眼鏡が曇りそうなほど湿ったこの国の、低い灰色の空の下で。

灰皿を買った話

一階部分が駐車場になっている低層の雑居ビルに、なぜか惹き付けられる。都内では貴重な空間を車に捧げた贅沢な使い方だが、内部は鉄骨を剝き出しにした安い造りで管理も悪く、たいてい梁に取り付けられた蛍光灯がどれか一つ切れ掛かって不安定な光を放ち、適度な寂寥感を醸し出している。駐車場の左右どちらかにある入口の扉にがたがきていたり、郵便受けが錆び付いていたりするといっそう味わいが増す。そういうビルだ。

待ちに待った曇り空の日曜日、いつもの町を歩いていたら、たたずまいが最も好もしいビルの駐車場の前に人だかりができていた。自転車にまたがったまま身を乗り出して中をのぞき込んでいたおばさんに、なにごとですかと尋ねてみると、バザーやってるみたい、と言う。わたしはほら、荷物こんなになっちゃったから寄りはしませんけどね。残念そうな彼女の自転車には、前後左右にスーパーのビニール袋がぶら下っていて、たしかにもう空間的な余裕はなさそうである。下りてしまうと、この状態でかろうじて保たれたバランスが崩れて、また乗り直すのが億劫になりそうな様子でもあった。ビルは三階建てで、二階には本当にあるのかどうか疑わしいような名前の保険会社が、三階には地元密着型をうたう不動産屋が入っている。路面店ではない不動産屋は、案内を兼ねた立て看を通りに出して人集めをするものだが、その種の営業努力を見た記憶もなかった。

ねえ、と自転車のおばさんが私の腕に触れながら言った。左の方にあるテーブルの、真ん中あたりに、銀色の器があるでしょ。差された指の先には、人の背中しか見えない。どこですか。あそこ、左、光ってるじゃないの。少し場所をずらすと、たしかになにかが蛍光灯の光を反射しているようだ。あれ、灰皿かしら。さあ、どうでしょう、と私。悪いんだけど、ちょっと見てきていただけないかしら。はあ、と私は自転車に乗っていないおばさんたちのあいだを縫って、曇天の光を拒み、蛍光灯の光のみを照り返している神秘の物体に近づいた。売り子は若い男性だった。灰皿です、それは百円。持ってみると、かなり重い。鉄だから、と彼は言った。ここの倉庫にあった、デッドストックです。倉庫？　ええ、不動産屋の看板が出てますけどね、うちの倉庫なんです、今度、ビル全体を建て替えるんですが、アスベストが使ってありまして、工事がちょっと厄介なんです、それで近隣のみなさんへのご挨拶を兼ねて、ちょっとしたバザーをと。壊されると聞いて落ち込んでいる私を慰めるように、詳しい説明の書かれたチラシをくれた。

自転車のおばさんのところに戻って、鉄の灰皿でした、百円だそうです、と報告し、それからこれをとチラシを渡した。ずっと煙草吸ってるし、自分一人のことだったら、アスベストなんてべつに怖くはないけれどね。言いながら、彼女は財布を取り出し、当たり前のように百円玉をくれた。買ってきてということなのかどうか、それを確かめもせずに、私はまた駐車場に戻っていった。

人類を思った日

要するに、隙がある、ということなのだろう。私は町なかで、いろんな人からいろんなことを尋ねられる。道を尋ねられるくらいならまだ常識の範囲内だと思うのだが、なぜいま、このタイミングで私にそれを、とこちらから聞き返したくなるようなことをいきなり口にされるのだ。真正面から、真横から、あるいはまた、肩口から。

いったい、人間ってやつは、いつから花というものを愛でるようになったんですかな。

これは、左肩口から尋ねられた例である。昼過ぎの、殺伐としたスーパーの一角にある花屋でぼんやりしていたときのことだ。独りごとのようでもあったけれど、なにがしかの反応を期待しているような声でもあったので、おそるおそる振り向くと、誰もいない。視線の先には、二車線の街道の向かいで牛乳販売店の自販機をいじっているおじさんの背中があるきりだ。私の身体感覚が左側に鋭く反応し、それで精神的に疲弊することは、すでに書いた。いまおなじ空気を吸っている都民であれば、わざわざ「人間ってやつは」なんて断りはしないだろう。さては、もうこの世にいない人間の気配を感じ取ったのか。

お墓に花を手向けたいちばん最初の人類は、クロマニヨン人だと言われておりますがの。

はっと気づいた。声は、私の肩よりはるかに下から聞こえてくるのだ。久しぶりに見る、本当に小柄な老人だった。一四〇センチあるかないかだろう。左手に、水戸のご老公のような亀甲竹の杖を持っている。いい加減な受け答えをしたら、どこかに隠れている助さん格さんに懲らしめられるかもしれない。お店の人は奥でなにやら花束を包んでいる。言葉が私に向けられているのは、まちがいなかった。最初は人間、今度は人類。なんだか話が大きくなっていく。かつて学んだ世界史の参考書には、遺体を屈葬し、薬草と思しき植物を墓穴に入れたのはネアンデルタール人だと書いてあった。しかし、いまそれを指摘するべきだろうか。

野に咲く花を美しいと思い、花を摘むことの意味を学問的に説明すると、どうなりますかな。

今度はたしかに、目が合った。白濁した瞳で老人はこちらを見あげ、かつのぞき込んでいる。申し訳ありません、専門家ではありませんので、どうお答えしたらよいものか、と私は正直に言った。でも、咲いている花を初めて摘んだ「人類」がいなかったら、お花屋さんなんて商売が生まれることはなかったでしょうね。

まったくですな。私は花屋の前を通るたびに、人間がいつから花を愛でるようになったのかを考えるのです。飾られた美しい花を見るたびに、そう思うのです。死ぬまでになんとかそれを知りたいと思うのです。

老人はそう言って、こちらをさらに強く見据えた。私は愛猫のために、いわゆる猫草を選んでいたのである。花を愛でる心すらないかのように、まるで人類の一員ではないかのように。

海の底から見えた雲

雲を待っていては外に出られないという季節が過ぎ去っていたのか、意識して空を見あげると偶然にも雲が垂れ込めていただけのことなのか判然としないのだが、曇天の日には外を歩くと決めた以上、連日のぶらつきとなってもそれはしかたのないことだった。ただ、午後にその気を起こして出かけると肌寒さを感じるようになったのは、そういう季節の変わり目にいるということだ。陽が翳って寒くなるのではなく、曇天的な気温の低下にともなって寒さを感じるのも悪くはない。曇り空に覆われた体感の変化の記憶は、私の場合、梅雨時に財えられる。どれほど些細なことであっても、その日、雲が垂れているなかでなお陽の沈むさまがわかる時間帯に感覚のヴァリエーションが増えたと認識できただけで、私はやっぱり幸せなのである。

にぎやかな街区では、この時期だけの華やかな照明がすでに輝きを放っている。なにも考えずに歩きまわったあと、青い光の蕾が壁に沿ってずっと伸びている通りに見つけた小さな店の、窓際の席に腰を下ろして、私は温かいココアを飲んだ。行き過ぎる人々を眺めずに、空を見あげる。通りを隔てた向かいにもビルが建っているのだが、そのビルとビルのあいだの道にちょうどよい角度で空が区切られていて、雲は一ミリも動いていない。何十年も打ち直していない敷き布団の綿みたいに、厚い部分と薄い部分が綿々と連なっている。夜はその薄い部分の透かしから降りてきて、熱のない壁面珊瑚の光に溶けていく。

教室と呼ばれる空間で子どもたちと向き合っている知人が、以前こんな話をしてくれたことがある。彼女は雲海という言葉の意味を説明していた。山の頂にのぼったり飛行機に乗ったりしたとき、海のようにひろがって見える雲のことを、雲海と言います、雲よりも高いところにあがると、白い海がどこまでもひろがっているんですよ。すると、一人の女の子が手をあげて質問をした。わたしには下から見ても海に見えます、頭の上の雲は、どうして雲海じゃないんですか？　女の子はつづけてこんな話をしてくれた。自分は毎夏、四国の海辺にある母の実家に帰省して、海で泳ぐ。水中から青い光に包まれた状態で海面を見ると、とても厚くて雲のような層になっている。陽が翳ると、ちょうど曇天の空みたいに見えるのだという。

質問にはうまく答えられなかったけれど、イメージとしては理解できる、と知人は言った。下から見た雲の海。分厚い綿の敷物。はたして女の子の感覚にぴったりくる言葉はあるのだろうか。青い珊瑚に包まれて曇天を見あげながら、私もまた、自分が冷たい海の底にいるような気がしていた。

名前は、聞かなかった

待ち合わせの日をまちがえて時間がぽっかり空いてしまったので、駅の近くをぶらぶら歩き、最近では稀少な存在になってしまった一戸建ての名画座の、よく言えば趣のある、悪く言えば薄汚れたファサードの前を抜けて路地に入ろうとしたとき、ふいに声を掛けられた。振り返ると、テント地のような赤い背の車椅子に乗った若い女性が、青い顔でこちらを見ている。年齢がうまく読めない。芥子色の毛糸の帽子を大きな黒い目のすぐうえまで深く被って、透き通るように白い頬をわずかに赤く染めながら、震える声で彼女は言った。

——もし、可能でしたら、いっしょに、この映画を観ていただけませんか。

映画館にはもう何年も入ったことがないし、名画座なるものは初めてだという。どうしても大画面で観たいと願っていた映画が、いま掛かっている。教えられてなんとかやってきたのだが、緊張で身体が硬直してしまって、どうしてもなかに入れないのだと、声ばかりでなく細い身体も震わせている。

——二本立ての一本なので、次の上映を逃すと今日はもう観られません、お代はもちろん私が出します。

しばらく考えた末に私は窓口に向かい、大人用の鑑賞券を二枚買った。意を決して頼んでおきながら、まさか受け入れてもらえるとは思っていなかったらしい。言葉をなくしている彼女の車を押してなかに入ると、観客はまばらだった。私たちは右寄りの通路のなかほどの、左端の席を選び、係の女性に座席への移動を手伝ってもらって、車椅子も預けた。成り行き上、私は一つ置いた右側の席に腰を下ろした。灯りが落ちて、映画が始まった。そして、五分と経たないうちに記憶をなくした。途中で一度目を覚ましたとき、緑豊かな丘の麓に駐められたトレーラーの前で、美しい女性ダンサーが晴れやかなフラメンコを踊っていた。終わりがけに眼を覚ますと、終映後、なにごともなかったかのようにまた係の人に頼んで彼女を車椅子に戻し、曇り空の下、大通りのバス停まで送った。

車椅子を乗せられるバスがくるまで、ぽつぽつと言葉を交わした。事故に遭う前、わたしもダンスをしていたんです、と彼女は言った。フラメンコだから当然スペインが舞台だろうと思ったのだが、話しているうちイタリアの映画だったと判明した。じつは、ずっと眠ってまして。正直に打ち明けると、彼女は透明な頬をさっきよりも赤くして、知ってました、と笑った。笑いはしたけれど、化粧の乱れから、泣いていたこともわかった。別れ際に差し出された彼女の手首には、無数の切り傷が走っていた。名前は、聞かなかった。

消せない記憶

座業に就いている人間は、その名のとおり座っているだけだから、みごとな運動不足になる。遠出が苦手で、家のなかに留まる言い訳ばかり探している輩には、単調なリズムを保守しかつ崩すための、ほどよい心の変圧器が必要になってくる。

かつて文士と呼ばれた物書きには「行きつけ」の喫茶店があって、そこで珈琲を飲みながら、仕事のつづきをしたり気晴らしをしていたという。決まった店の決まった席で、決まった時間におなじものを飲む。若い頃、傍から見れば退屈きわまりないそんな習慣を記した随想のたぐいを読んで、わけもなくあこがれたこともあった。文士にではなく、その反復をよしとする身体感覚にである。そもそも、道は最初から楽しいのではなく楽しくしていくものだし、「行きつけ」の店は「行きつけ」と呼びうるまで育てていった結果なのだから、この店がいいと人から教えられて後追いするのもどうかと考えてしまう。

反復と持続には、体力が必要である。微量の鈍さも求められる。その鈍さを持ちこたえた先に初めて一種の狂気がやってくるのだが、向こう側に転んでしまうと、創作に携わることができなくなる。どんな忘我状態にも冷静さの核がなければならず、それが破壊されたら鋭さだけになって鈍さが消える。

私にとっては鋭さよりもずっと大切な、その鈍さを失わないために歩いている通りに、気になる喫茶店がある。大きなガラス張りで、店内の様子が外から丸見えだ。平日の午後は閑散として、雨の日など客はほとんどいない。そのわずかな客のなかに、しかし、いつもおなじ男性の姿があった。五十代後半といったところだろうか、季節によって服装はちがうけれど、蓬髪で眼光は鋭く、同時に、どこかしらうつろだ。いつ見てもテーブルで書きものをしていて、消しゴムを激しく動かしている。

謎めいたその人物と、先日、喫茶店の向かいのコンビニでかち合った。存在に気づいてから三年ほど経っていた。文具の棚の前で彼はじっと立ちすくみ、消しゴムを一つ手にしてレジで支払いを済ませると、ゆったりした足取りでそのままいつもの喫茶店に入っていった。若い店員が仲間にこう話すのが聞こえてきた。いまの人さ、毎日決まった時間に消しゴム一個ずつ買って行くんだよ、五年くらい前からずっとだって、俺が入る前からだもの、もういくつ溜まったんだろうな。

どんな事情があるのかは、もちろんわからない。とにかく彼は、反復と持続の末に「行きつけ」のコンビニと喫茶店を得て、積みあげたなにかを、つまり消せない記憶を、必死で消そうとしているのだった。私はまだ、その喫茶店に入ったことがない。

巡礼の時

血のつながった者たちが、あるいは縁あって新しい血を作り出すことになった者たちがたがいの命を奪い奪われる鬱々とした事件がつづき、あちこちで天が変じて地異を引き起こしている。悲痛な報せが伝えられるたびに息が苦しくなり、歩みのどこかに、視野のどこかに、三半規管のどこかに、かすかな違和が生じる。それらは日常の波形を掻き乱したのち、ふたたび安定した波のなかに溶けていくのだが、完全に消え去ることはない。栄養を摂取された食物の残りが排泄されるのとはちがって、この種の違和は物質感のある記憶として身体に堆積する。眠っても笑っても怒っても祈っても排除できないし、むしろ排除してはならないものなのだ。といって、私はただでさえ外部の気をもらうたちだから、溜める一方では倒れてしまう。たとえ倒れるとしても、衝撃を少しでも軽減するためには、なにかをしなければならない。

だから、歩く。もう曇天など待ってはいられない。とにかく歩く。歩くだけでなく、途中、一つの儀式を行う。学生時代に始めた習慣だ。不慮の事故がきっかけで酒に溺れるようになった中年男が、報酬の十分の一を教会の慈善箱に入れる。そんな小説を読んで深く共感し、これに学ぼうと思った。つまり、寄付である。それもきわめて少額の。これまで住んだいくつかの町には、寄付金を募るアクリルケースの置かれたコンビニが複数あった。先の違和が募って塊になると、私はそれらを徒歩で結び、なにも買わずに経めぐった。寄付をするなら然るべき団体に直接送ったほうがよいと忠告してくれる知人もいたのだが、べつに明確な意志をもって釣り銭の余りを投げ入れているわけではなかった。重要なのはまず歩くことであり、振込ではなく自分の手でコインを穴に落とすことであり、信心とは無縁な形でそのとき

そのときに祈ることだったのである。なにを祈るのか？「なにを」という目的語を抜いた祈りが可能になりますようにと祈る。それだけのことだ。役に立つ立たないの問題ではなくて、そういう機会と思い込みが、若い自分に必要だったということである。

現在の札所は五つ。四つは比較的接近しているのだが、残りの一つがずいぶん離れているので、全部結ぶとその線はくずれた星になる。いびつな成分表にも似たその道を、一夕、ゆっくり辿った。明らかに同志と思われる者が一人。むろん、祈りの言葉は聞こえない。代わりに、「温めますか」という声がする。私は胸のなかで、「はい」と応えていた。

計量同好会

私鉄の駅から徒歩で十五分ほどの住宅街の外れの、トタン板を壁に張った長屋状の倉庫に辿り着いたのは、露出ミスの白黒写真のような光に覆われた、曇天の夕刻だった。捨て切れずにいる本の山を、処分する決心が付くまで暫く寝かせておく場所がほしい。ただ、予算も限られているし、あまりに立派なところは御免こうむりたい。管理の行き届いた貸倉庫ではなく、もっと簡易な、物置程度のものはないだろうか。そんな注文に応えて不動産屋が紹介してくれたのが、担当者の知り合いが契約書なしで個人的に貸しているという物件だった。

前の借り手は個人タクシーの運転手で、法律上屋根付きの車庫が必要になると拝み倒されて大家はしかたなく契約書を作ったのだが、じつは車庫はダミーで、いろいろ面倒な話になったため、それに懲りて運転手との契約は打ち切り、以前のやり方に戻したのだという。つまり、正式な書類は作成せず、借り手が月の初めに直接大家のところに出向いて、賃料を現金で前払いするのだ。学生時代に借りていた部屋の家賃も、そうやって毎月大家に届けていたから、話を聞いて懐かしくなり、それはぜひにと、勇んで大家のもとを訪ねた。高齢の大家は、自分はもう動けないから、下見をして決めてくれと、鍵を差し出した。私は背負っていたリュックを保証に預けて、地図を頼りに歩き出した。

ようやく見つけたその建物は三連つづきの車庫で、どれも灰色のシャッターが下りていた。トタン板のあちこちに錆が浮き出し、側面の壁の、板と板のあいだに隙間がある。車庫というより物置、物置というよりバラックに近い。まちがいなく雨風が吹き込みそうな気配である。いくら安い物件でも本を置くのに不適切なことは一目瞭然だった。いちおうなかを見ようか、このまま引き返そうか。迷っているとき、そこ、開けるんですか、という声が聞こえた。振り向くと、制服姿の高校生が立っている。しばらく前、学校の帰りにここで派手に転んで鞄の中身をぶちまけたとき、ファイルに挟んでおいたプリントが一枚、シャッターの下からなかに入ってしまった。同好会の記録だから、できれば取り戻したいと思っていたのだという。

じゃあ、開けてみよう。鍵を回し、急に仲間になった声を揃えて、せーの、と四本の腕でシャッターを持ちあげた。目当てのものは、あっけなく見つかった。折り目があれば引っ掛かったはずなのに、運悪くそれは印刷したての、皺一つないプリントだったのだ。頭を下げる彼に、恩を売った私は遠慮なく尋ねた。同好会って、なんの？　計量同好会です。え？　計量同好会、いろんなものを、手で計るんです。手で計る？　はい、手で。じゃあ、たとえばそのB5の紙は、どのくらいの重さがあるかわかる？　彼は指先で大事そうにつまみあげると、一拍置いて応えた。二・

四グラムですね。なるほど、と私は溜息をついた。どうでもいい話である。結局、倉庫は借りなかった。

幻の島

日は照っているが、私たちの内部は暗い。そう書いたのは、ロシアの小説家だったろうか。曇ってはいるが、心のなかは明るい、と言いたくてもなかなか言えないまま外に出て、大通り沿いの停留所からバスに乗ろうとしたら、その目の前にパトカーが停まっていた。バイクの横転事故だった。他の車と接触したわけではなく、運転を誤って電柱にぶつかったのだ。激しい衝突でなかったことは損傷の具合からも見て取れたし、事故を起こした若い乗り手も、ヘルメットを取ってしっかりした口調で受け答えをしていた。

頭打ってないの？　はい。少しでも打ってたら、翌日おかしくなるなんてことがあるから、病院行ったほうがいいよ、とにかく、脇見運転てわけじゃないんだね？

説教と質問をいっぺんに済ませようとして、警察官がやや高圧的な話し方をしている。声が大きくて、バスを待っている人たちに筒抜けだ。いえ、脇見じゃありません、気がついたらぶつかっていて、と若者が応える。そういうの脇見って言うの、いいかね、ぶつかって気がつくまで、あなたのその「気」はどこにあったの？　どっか行ってたんでしょ？　ぼーっとしてたかもしれませんが、脇見じゃありません、電柱は正面にありましたから、まっすぐ前を見てたんです、と若者が応じる。その抗弁をなんとなく聞いてしまった私は、必死で笑いをこらえた。警察官の表情も、少し緩んだようだった。

　電柱が正面にあったってことは、道をはずれてたってことよ、責めてるんじゃないんだからね、怪我人は出さなかった、それは立派だった、でもあなたの方が大怪我してたかもしれないし、このウインカーとか壊れちゃって道路にも散っちゃって、そういう意味では近隣のみなさんに迷惑かけてるわけ。はい。わかってる？　はい。それにこの大きなリュック、こんなの背負ってたらバランス崩すでしょう、どこ行くところだったの？　おうぎじまです。どこだって？　おうじぎま、扇子の扇に、島の島で、扇島。警察官はそれ以上行き先には反応せず、まあ、怪我がなくてよかったと思いなさい、と締めくくった。

しかし私はこの回答に、ちょっと痺れてしまったのである。本気で行くつもりだったのか、それとも出まかせだったのか。彼が口にしたのは東京湾にある人工島の名だ。高架の道路は通っているけれど、下に降りることはできない。つまり一般車両は入れない幻の島なのである。かつて私がぼんやりと憧れていた土地でもあった。若者が目指していたのは公園のある隣の島の方で、ただの言いまちがいかもしれないのだが、それはもうどうでもいい。曇天の下、その言葉で私はもう、胸躍る冒険をした気分になっていたのだから。

黒い旗は、まだ見えない

雲の厚みが増してくる。ならば空の厚みはどうだろうか。空に漂い、空を覆う雲が厚くなる、という言い方は、事実に反していない。しかし梅雨が近づいて身体中が湿気と闘い始める頃になると、空の雲ではなく曇り空じたいが厚くなってくるように感じられる。雲は空に密着しているわけではないから、どんなに厚くても、それが移動し、消えてしまえば、言葉どおりの空っぽの空が出てくるはずなのに、曇天は曇天という一つの全体になって、光の領域がその向こうにあることを想像させてくれない。太陽光を反射する面とそれを見せない面があることを、見渡すかぎりひろがった雲はたくみに隠す。青空に浮かぶ雲はたしかに夢想を誘う。それを眺めているだけで詩人になったような気もする。爽やかな詩想であれ、どこか淫靡な妄想であれ、こちらが雲と呼ばれるものを見てなにかを感じ取り、自身の思考を読み直すきっかけを与えてくれるだけだ。

ところが、空を覆い尽くした曇天は、夢想を誘う前にもう夢想を体現してしまっている。夢想そのものがそこにあるのだ。曇天の下を歩くと、私はいつも誰かに見られている気がする。監視とまではいかなくても、それに近い抑圧を感じる。もっと正確には、自分ではない存在の脳内に取り込まれたような錯覚に陥るのだ。曇天がみずから考え、こちらの思考と同期して、神経系統のいちばん繊細な場所から脳内に入り込む。そんなふうに感じるのは、曇天の色や皺が脳の皮質に似ているからだろうか？　映画のなかでのように、人類と意思の疎通をはかり、記憶の底に沈んでいたものを表に出してしまう有機体としての海があるならば、曇天の澱んだ泥流にそれ以上のなにかがあってもおかしくはない。

ある朝　僕は　空の　中に、
黒い　旗が　はためくを　見た。
はたはた　それは　はためいて　ゐたが、
音は　きこえぬ　高きが　ゆゑに。

幸か不幸か、私にはまだこの「曇天」の中原中也のように黒い旗は見えていないのだが、両眼のなかで飼い慣らしている混濁した硝子体の、複雑微妙な伸縮と「はためき」はわかる。結び目のある糸の投射図が、理性ある曇天の凹凸や皺に偶然一致したとき、旗よりも大きく、音のない旗よりも静かな声が肩口に降ってくるかもしれない。その状態がなにを意味するのかは考えず、少なくともいまは、曇天の巨大な灰白質と向き合いながら、黙って街を歩くことにしよう。

現在地まで

地の底からあがってくるときは迷いなくその開口部を抜けたのだから、もとの道を戻ればいいだけの話で、迷う心配などないはずだった。にもかかわらず、私は当然のように触角を抜かれた蟻となっておなじ場所をくるくるまわり、ついには自分を見失ったのである。次の場所に移動する道筋は、改札の路線図とにらめっこをしてすでに検討済みだった。若い人たちは、いや、もう同世代の人の多くも、蜘蛛の巣のような路線図など参考にはしない。ある場所からある場所への効率的な移動の仕方は、いまや駅員の手を煩わせなくても簡単に調べられる。

しかし私は、眼だけでなく指を使って路線図を読む。ホームの柱に貼られている所要時間の目安表をチェックし、降りた駅の地図でいちばんよさそうな出口を探す。地上に出て右に行くのか左に行くのかを事前に確認しておかないと、現在地がわからなくなるのだ。地図上に赤く記された赤丸が、あるいは三角が、こちらを惑わす恐ろしい罠に見えてくる。念のために控えておいた住所をそこに加えて、複数の情報を付き合わせたとたん、基準となる現在地どころか、そこに立っているはずのこの「私」の存在まで曖昧になってくる。だから、いったん地下に潜ると、私は「私」の頼りなさに引きずられて、なかなか地上にあがる勇気が出ない。

先日も、使い慣れていない路線の、地下十数メートルに埋もれた出口で、みごとに現在を失った。人々も景色も消えて、私は案内板と標識だけを頼りとする哀れな静止衛星になっていた。現在地を失わないために、地の底にありながら心のなかでは地上数百キロの上空に停まり、イヤスピーカーで音を遮断した危険な探査機とあちこちで接触しながら、姿勢の統御に全神経を傾ける。手すりのない通路の壁づたいに、最後の力を振りしぼって地上にあがると、蒸し暑い空気がどっと胸腔に入り込んで息が苦しくなり、立つことさえままならなくなってきた。片腕の救難信号を出すと、空車の二文字を赤く光らせた救助船が滑るように目の前に止まった。自動ハッチが開く。なかに倒れ込む。どちらまで、と操縦士が尋ねる。わかりません。私は力なく応える。彼が聞き返す。わかりません。私は小さな声で繰り返す。「現在地」まで、「現在地と呼ばれるところ」まで連れて行ってください。フロントガラスに大粒の雨が落ちてくる。背後からクラクションの音が迫る。操縦士はこちらの言葉に茫然と前を見つめたまま、微動だにしない。

文学修行の夜

夜のあいだずっと読み書きをして疲れてくると、算盤はしないでときどき剣玉をやる。球を書棚にぶつけて本を落とし、崩れた本に躓き、そのままの体勢で書棚に身体ごとぶつかって再度の崩落を招く。予想外の衝撃の強さと、まだ眠っているはずの階下の住人に対する罪の意識とに私は怯え、ますます仕事への意欲を欠くことになって、気を鎮めるために珈琲を淹れる。ここでも注意が必要だ。豆を挽く音が大きくなりすぎないよう、手動のミルにタオルをかぶせて消音をするのだが、疲れがさまざまに抽出されてくる時間帯だから、消音措置が成功しても薬罐やドリップポットの蓋を落としたり、カップをあらぬところにぶつけたりして、満足な沈黙が得られたためしはない。まして剣玉をやである。

文学は剣玉である。そう語ったのは学部時代の恩師だった。剣玉には修行が必要である。修行を積めば積むほど、コツと呼ばれる間合いのようなものが身体に染みてくる。師曰く、作家は軽快な腕や腰や手の動き、瞬間ごとの指先の微妙な角度によって、作品生成の流れと一体化するもの也、なべて呼吸には緩急を付けるべし。せっかくの教えを無駄にするわけにはいかないので、行き詰まってどうにもならなくなると、私は日本けん玉協会認定の黒の剣玉を取り出し、単純な皿系の技を磨く。本棚と本棚のあいだの獣道では、前振りが必要な技は厳禁なのだ。

それにしても、なぜ窮屈な思いをしながら深夜に剣玉をやらなければならないのか。落ち着いて文学の道を進みたければ、また気持ちよく珈琲を飲みたければ、あとほんの少し我慢して、街が目を覚ますのを待てばいいではないか。しかし、それができない。できないからこそ悶々とし、悩み苦しんで朝を迎えるのである。

仕事はいっこうにはかどらず、剣玉も上達せず、文学でも剣玉でもない言葉ばかりが身体に沈んで、昼間は完全に意識をなくす。そういう生活がずっとつづいていたある晩のこと、一計を案じて、深夜でも早朝でもない、まだ活動的な夜と見なされ得る時間帯に私はたっぷり音を立てて豆を挽き、大量の珈琲を淹れて、ステンレスの水筒を満たした。最初から用意されていれば、忌まわしい騒音は不要になるだろう。

しかし私はあまりに求道的にすぎた。仕事をしながらではなく、珈琲を飲みながら剣玉の修行をしようとしたのである。半ば怖れていたとおり、黒玉を剣先に刺す「とめけん」を調子に乗って繰り返しているうち、わずかに軌道をはずれた玉がはじかれて机上の珈琲を直撃した。音の代わりに悲鳴があがる。文学と剣玉は相容れないものだと、いまは亡き恩師に強く訴えたい。

曇りなら集合です

数年のあいだ、私たちは週に何度か、早朝のほぼおなじ時刻に、ほぼおなじ場所で交錯していた。十字路の横断歩道の、向こうとこちらで顔を見合わせ、互いに互いを認識する。ひょろりとした体型で、少し余裕のあるジーンズにくたびれたシャツを絞り込むように入れて、ベルトをきつく締めている。大きな布鞄を斜めがけにした恰好で、彼はいつも、まっすぐ前を見つめて歩いてきた。帽子はかぶっていないけれど、『ぼくの伯父さんの休暇』のジャック・タチに似た、上下に大きく跳ねるような動き方で。人々の流れと逆方向に進んではいるものの、遊びに出ているふうではない。最初の頃は、どんな仕事をしている人なのだろうと思っていたのだが、そのうち事情を教えてくれる方があって納得した。「ほぼおなじ時刻」という幅のなかにいる私は、いつも時間に正確で、寸分たがわぬ特徴的な行動を繰り返す彼の姿を見るたびに、今日は始業に間に合いそうだと安堵したものだ。すれちがう数歩手前で、頭一つ分大きい彼に、こんにちは、と挨拶する。こんにちは、と抑揚のない、しかし元気な声が返ってくる。そのやりとりにもずいぶん励まされた。

ある日の朝、例によって少し遅刻気味の時間に、鈍行に乗り換えるための駅で降りると、ホームの端に彼がぽつんと立っていた。あれ、どうしてこんなところに、と思った瞬間、向こうも気づいて、いつもの歩き方でぴょんぴょん近づいてくると、突然、今日は遠足です、とよく通る声で言った。雨なら中止ですが、曇りなら集合です！　そうですね、曇ってますね、遠足日和ではありませんが。私は空を見あげながら答えた。前夜の天気予報は、曇りのち雨。駅の上空には重い雲が垂れていた。

いまは、八時五十五分です、集合場所をまちがえてしまいました、もう間に合いません、と彼はつづけた。それは大変だ、どこに集合ですか。尋ねてみたものの、彼はおなじ調子で、もう間に合いません、と繰り返すばかりである。責任者の連絡先がわかるなら、電話を入れましょうか。八時五十六分になりました、もう間に合いません、今日は遠足です。ほんとに、そいつは大変だ、集合場所は、どこですか、緊急連絡先はわかりますか。質問の最中に、お待たせいたしました、二番ホームに電車が参ります、と非情なアナウンスが入る。

ホームの先に、鈍行の顔が見えてくる。私は焦った。集合場所どころか職場にも間に合わない。どうしてもあれに乗らなければ。思いながら、耳は次なる言葉をなんとか受け止めようとしていた。私は彼の腕を取り、駅員の姿を探しながら言ってみた。雨天中止なんですよね、じゃあ、祈りましょう、雨が降るように、今日の遠足がなくなって、後日またやり直せるように。すると彼は、おなじ声量でまっすぐに答えた。わたしは祈りません、曇りなら集合です！

聴診器は届かない

医師は全科共通のオンラインカルテを呼び出した液晶画面を見つめ、鮮明なモノクロ画像の拡大縮小とスクロールを手早く繰り返す。中央に発生した熱帯低気圧が、やがて大型台風に成長していく。空洞を抱えたまま左右対称の美をゆるやかに崩し、あるはずのない寒暖の差によって渦を巻き、いつのまにか温帯低気圧に変わる。気象情報で言う雲の動きを楽しんだあとは、骰子の積み重なったおぼつかない橋梁点検調書を眺める。これが、垂直方向、これが、水平方向。経年劣化とブロック間のかすかなずれは認められるものの、明らかな不具合を指摘しうるまでには到らない。医師は顔の三分の二を覆い隠しているマスクの下から、よどみない口調で解説してくれる。

この話し方、どこかで聞いたことがあるなと思ったら、数日前にレインボーブリッジを走るタクシーのなかで聞かされた運転手にそっくりだった。もちろん、似ているのはその語り口であって内容ではない。虹の橋は健康そのもので、非の打ち所がなかった。ワイヤーのねじれがじつに少ないこと、羽田空港が近いため高さ制限で当初の計画より主塔を低くしなければならず、そのため斜張橋にできず吊り橋になったこと、橋梁を留めているビス類は大手鉄鋼会社が開発した錆びない鉄であること。運転手のうんちく話は、とどまるところを知らなかった。錆びない鉄や欠けない骨、ねじれのない神経があったら、誰だって欲しいと思うだろう。

本来はこうあるべき、という理想の説明が終わると、どんよりした画像との比較がまたおこなわれる。そのあいまに、医師は私の言葉をどんどんキーボードで打ち込み、二週間後に自分がそれを読んだとき細部を思い出せるように、あるいは他の医師が目を通しても理解できるように、かちゃかちゃと電子カルテを作成していった。

それは、まぎれもない問診だった。不調を訴える人間の方はほとんど見ないで、言葉と映像を頼りに資料を作りあげるのだから。数時間待って、わずか数分の問診。緊急性はありませんね、ご心配なようでしたら精密検査をしてもいいですよ、その結果を見て、今後どうするかを考えましょうか。彼ばかりではなかった。科をまたいでなされたメディカル気象学の講義のあいだ、医師たちは患者として名乗りをあげた私の身体の、どこにも手を触れなかった。

人はなんと贅沢で、なんと欲深なのか。聴診器と体温計と掌による診察では不安だからと、精緻な機器による診断をありがたがってきたくせに、そればかりになると今度は手で確かめてほしいと思う。気象衛星が捕らえた画像ではなく、ただ空を見あげ、雲の形や光の質や風のにおいで天気を読む、原始的な方法で得た情報を寄こせ、超音波診断ではなく木槌で叩き、耳で聴き取った音で判断しろ、と言っているようなものだ。外は曇り。脳内気象予報士が私に告げる。雲は触診できるほど低いですが、聴診器は届かないでしょう。

雨河童の教え

季節はずれの台風が上陸するという報せのあった日の午後遅く、やむを得ない事情があって、都下の町の駅から六月の敷き布団のような雲がのしかかるアスファルトの坂道を延々と歩いた。本格的な雨風はまだ先の話だとはいえ、瞬間的に吹き降るものを真正面から受ける気は毛頭なかった。ところが二車線の道路は上下線ともはるか遠くまで渋滞で、バスの停留所もタクシー乗り場も長蛇の列である。雨合羽を着て整理をしていた係員が右往左往する私を見つけて、誘導灯をくるくるまわしながら平然と言う。もう動かないですよ今日は、坂のうえのショッピングモールでバーゲンがありますからね。じゃあ、この渋滞は台風の影響ではなくて、バーゲン目当ての車が道路を塞いで起きてるってことですか？　いかにも、と彼はうなずく。大安売りのチラシが出た週末は、嵐になろうが地震になろうが、家族総出の闘いになりますからなあ、駐車場の空き待ちで一キロ二キロの渋滞はざら、バスなんぞまったく動きません。

係員は私の行き先を確かめて、大人の男の足なら三十分もあれば大丈夫ですと請け合った。歩道に、というより、車の隊列に沿って二十分、十字路を左に折れてさらに五分、その途中の細い道を左に入ってさらに五分で計三十分。よくご存知ですね。歩く前からもう彼の情報が正しいことを前提にして、間の抜けた相槌を打つ。あの辺に知り合いが住んでるんですよ、いい土が出るんです。土、ですか。土です、粘土です、茶碗や壺を焼いてるんですよ、あ、すみません、そこの人、並ぶならこちらへ、二列でお願いします二列で、いずれきますから、いまは二列です、と雨合羽はいつしか雨河童の顔で指示を出してにんまりと笑い、喫茶店みたいなこともやってますんでぜひ寄ってやってください、こういう不安定な天気の日にはサービスメニューもあるんですよ、となんのためにそこに立っているのだかわからなくなるほどの熱心さでその工房喫茶を勧めるのだった。

曖昧に礼を述べて、私は銀鼠の雲の下を歩き始めた。雨がやや強くなる。小山の麓からの下り車線のところどころに、ヘッドライトが光っている。雨河童の言ったとおり、二十分ほど歩くと十字路があり、薄暗い街道を折れてなお歩くと、やや急坂になる細い脇道が口を開けていて、角に古い木の立て看板があった。先の工房喫茶なるものは、「あの辺」どころか、私の進むべき道の途上にあったのだ。ビニール袋に入った小さな紙が、画鋲で留められている。雨天特別サービス「いのししスコーン」三八〇円。空を見あげ、時計を確かめて私はゆっくり坂をのぼった。おそらくそのスコーンを食べることになるだろうと思いながら。

ダンダラ、ダンダラ

むかし私がその近くに住んでいた、小さな工場のひしめく町で生まれた人と話をしているうち、故郷でもないのになんだか懐かしくなって、月が代わってすぐの休日、電車とバスを乗り継いで古い鉛のスプーンのにおいのする土地に出かけた。二トン車がぎりぎりで通れるくらいの道にシャッターを高くあげたガレージや町工場が、普通の家々に混じってなんの違和感もなく並んでいる通りを、ゆっくり歩いていく。旋盤の音も溶接の音もしない、平日の昼時の、がらんとした空気。歩いている私の視界の三分の二ほどを、エンボス加工をほどこした灰色の空が占めている。「穴のあいたよう［ママ］な／十二月の晝の曇天に／私はうつかり相手に笑ひかける」（『色ガラスの街』）と詩った尾形亀之助の、その昼の曇天の穴とは、無人といってもいい期間限定の廃墟のことを指すのだろうか。

雲はあっても、雨が降り出しそうな色ではなかった。私には笑いかける相手もいない。天上から純度の高い自然光が覆い被さって、写真スタジオにいるような気もする。ただ、かつてまちがいなく漂っていた水のにおいだけが確実に消えていた。鋭敏だった細胞はすべて死に絶え、皮膚は微妙な湿り気をもう感知できなくなっている。それでも、記憶のなかの隆起したアスファルトの道を、存在の確認できない川に向かって歩きつづけた。私が暮らしていた頃よりもさらに古い時代には、ここからは見えない川向こうに大きな煙突があったという。十二月のダンダラ。「十二月の無題詩」として詩人が記した、その月だけのダンダラ—DANDARAは、エンボスではなく、だんだら縞になった灰色の階調だったのかもしれない。

工場の煙突と　それから
もう一本遠くの方に煙突を見つけて
そこまで引いていつた線は

唖が　街で
唖の友達に逢つたよう《［ママ］》な

（「音のしない晝の風景」）

謎めいた二連目の詩句が頭から離れない。唖になっているのは、つまり一時的に言葉を、音を失っているのは、街そのものではないのか。十二月の昼は、いつだってこんなふうに無音をやわらかく育てるのだ。音が線になって消えていく様子が、ほら、屋根の向こうに突き出した送電用の鉄塔と大型クレーンのあいだに見える。

湿地の亀

年の暮れにダンダラを頭のなかで響かせながらさまよっていた区域の西側の、水があっても音が無い土地の名をくぐり抜けて、コンクリートの護岸が完璧な現代の渓谷を辿った。学生の頃、初春の夕刻だったが、その川に冠された地名に惹かれるように、整備された散歩道を延々と歩いたことがある。ゆるやかに蛇行していく川の両岸には、陽を遮るほど樹木のせり出した区間があり、小さな橋のうえから眺めると、緑色の藻がゆらゆら揺れて水の流れが鈍るところに、茶色くて硬そうな背を持つ生きものが顔を出していたりした。何ぞと聞けば亀のなくなり（藤原為家）。グアっという喉元の音は鳴き声なのか首ならぬあくびなのか知らないけれど、あのときの亀は、たしかに、いくらかはしたない声で私を呼んでいた。鳴かないからこそ夢幻の鮮度が高まるというその亀の声を、偶然にではなく求めようとするいまの私は、たぶん人間的にも詩的にも堕落してしまったのだろう。川があったら、季語なんて関係なくただその流れを見ていればいいのに。

紅葉橋の鉄の手すりが紅葉模様の透かしになっていることに驚きながら、ゆっくり進んでいく。あらたまった年を言祝ごうにも、すれちがう人がいない。松橋、滝野川橋、新板橋に中根橋。新しい板橋なのか、新しい板で造った橋なのかが曖昧なまま学校橋という簡素きわまりない名の橋までできたところで、毛糸の帽子を目深にかぶったおじいさんにようやく出会う。こんにちは。ああ、こんにちは。新年おめでとうございます。いや、おめでとう、寒いねえ。ほんとに、寒いですね。私のコートの左右のポケットには、紅葉色の使い捨てカイロが一つずつ入っていて、かじかんだ指先をほくほく温めてくれるのだが、帽子をかぶっていないので頭の芯が冷える。マフラーをマスクのように少しあげて顎を引き、顔の三分の一ほどを寒気から守ってさらに進むと、こちらの行動を読み切ったように、下頭橋なる橋があらわれる。

それにしても、この川にはいくつの橋が架かっているのか。小山橋に上の根橋、台橋、桜橋、茂呂橋、栗原橋、羽城歩道橋、湿化味橋。なんとも美しく湿気た味わいの「しつけみ」は、一帯が湿地だったことを示す小字だという。その湿地にも亀がいて、グアっと声をあげていただろうか。私は寒さに音をあげて、棒になった陸亀の脚を甲羅に仕舞うこともできず、私鉄駅前の喫茶店でひと休みする。目的地は、あったのだ。川を遡れば、その夜招かれている寄り合いの会場までほぼ自動的に行けるはずだったのである。しかし歩く力はもう残っておらず、腹も空いていた。私は温かい珈琲とジャムトーストを頼み、ふと思いついて、ゆで卵はありませんか、と訊いてみた。眼に涙を浮かべて卵を抱けば、鳴かないはずの亀がまた鳴いてくれるのではないか、と思ったのだ。答えは否。この店の卵は、夜中に産むものではなく、朝食セットで食べるものだったのである。

ウドをすすめた人

油断していた。その道を歩くようになってもう十年以上になるのだが、畑の半分が不意に消えてなくなるなんていう事態を、一度も考えていなかった。住宅街に残された農地には希少価値がある。しかし、小中学校の土の校庭とおなじで、季節によっては細かい砂塵が風で舞いあがり、アルミサッシの窓枠をすり抜けて家のなかにさえうっすらと積もることがあるから、周辺の住人みなが好意的に見ているとはかぎらない。不満の声が高まれば処分される可能性もある。それはわかりきったことだった。

にもかかわらず、その畑だけは消えないと思い込んでいたのは、いつも人がいたからである。日本手拭いで頬かむりしている少し腰の曲がったおばあさんと、その息子さんらしい、といってもおそらく六十歳近いだろうと思われる男の人のどちらかが、なにがしか作業をしていた。季節や時間帯によっては無人になることもあったけれど、販売所は原則として有人だったし、立ち寄ればちょっとした言葉も交わした。客どうしで話すこともあった。昨年はなにを買っただろう。トマト、枝豆、インゲン、胡瓜、カボチャに大根。トマトはいびつでどっしりした重さと青臭さがあり、枝豆はもちろん枝付きでスーパーのものとは香ばしさがちがう。インゲンは茹でてもほどよい歯ごたえがある。カボチャにいたってはもう淡泊の極みなのに、在来品種にひけを取らない味わいだ。

いつもは左手に見える土が、つるつるとした光を放っていた。驚いて確かめると、それは大きな黒いビニールで、四隅に「売り地」という赤い看板が刺さっている。販売所にも畑にも、畑だったところにも、人影はなかった。歩みを止め、その光をぼんやり見つめていると、顔見知りではない女の人がやってきた。また棟割りが建つのねえ。親しげな口調で言われて、こちらも素直に応じた。そうですね、たぶん棟割りでしょう。この辺はみんな細かく区切られちゃうのよ、周りの家は陽が当たらなくなって大変よねえ、あ、それから、あなた、ウドお買いになった？　ウド、ですか？　こないだ買ったのよ、ここで、揚げるとおいしいのよ。

ウドをすすめた人は、そのままつばひろの帽子をかぶって駅に向かって歩いていく。毎日ここを通るわけではないけれど、ウドが売られていた記憶はない。この季節だけ、どこかよそから運んでくるのだろうか。それとも、ウドを作るためのムロにするべく、陽光を遮る棟割り長屋を建てるのだろうか。販売所にはなにも置かれていなかったが、私は財布から小銭を出して料金箱に入れ、両手を合わせた。そして、これからもおいしい野菜が食べられますようにと、ささやかな願を掛けた。

聖い資糧をもたらすやうに

急に気温が下がって、霙まじりの寒空である。ながいマフラーを二重巻きにし、厚い手袋もして万全の態勢でさあ出かけようと傘を差す前に空を見あげた瞬間、その空を寒空と言うべきか寒天と言うべきか迷って、寒い冬の空の意味で後者を使った経験のないことに気がついた。寒天とは私にとって寒い空ではなく、なによりもまず食材なのだが、ではいったい、あの羊羹やゼリーの材料になぜ冬の季語が付いているのか、深く考えずにいたのだった。寒い季節に乾燥させるから、寒天なのだ。

じゃびじゃびと霙が傘のナイロン地に当たって、太鼓のように響きわたる。食べる方の寒天が降ってきたら、どんな音がするだろう。弾力のあるバチで叩かれたような振動が伝わってくるのだろうか。傘のパラボラで受ける霙の音には、個体と液体のあいだにしかない、微妙に軽くて微妙に重いものがある。音色の変化には、傘じたいの重量や地面からの高さも関係しているにちがいない。いまより背が低かった子どもの頃に何度も体験した霙のなかの音は、もっと大きかった。成長するにつれて周囲の景色の尺は縮み、物音は小さくなっていくのだ。

音の膜に遮られて、曇り空は斜め前方にしか見えない。そんな天気にもかかわらず、郵便局には何人も客がいた。順番待ちのあいだ、私は長椅子のいちばん端に腰を下ろして、手袋をしたまま脇に置いてあったギフトカタログをぺらぺらめくっていた。地方の銘菓を扱うところに水羊羹が載っている。小豆に寒天に砂糖の奏でるハーモニー。

それよ、選ぶなら、と隣のおばあさんが手袋の指で突然言った。茶色い軍手のような手袋だった。ときどき娘が送ってくれるの、とってもやさしい味なのよ。羊羹に使う寒天と霙まじりの寒空が頭のなかで入り混じる。「みぞれがふつておもてはへんにあかるい」（宮澤賢治「永訣の朝」）どころか、空はどんどん暗くなる。国産の小豆、国産の天草百パーセント使用の細寒天、そして雪解けの水。砂糖だって上等な品にちがいない。これに伝統の技が加われば、美味くないわけはなかろう。

一人、また一人と片付いて、順番が近づいてくる。先に呼ばれた茶色い指のおばあさんは、帰り際にまた、さっきのがお勧めよ、寒い季節に食べるのがいいですから、と小声で言った。霙の音を大きく感じていた頃、よく冷えた水羊羹は夏の甘味だと信じていたから、なんだか不思議な気がする。ほぼ入れちがいに窓口に立った私は、大切な書類が入った大型封筒を出して、書留速達でと頼んだ。明日、着きますか？　大丈夫ですよ。雪や霙が降っても、大丈夫ですか？　ええ、間に合うと思います。そして、ほか、よろしいですか、という男性局員の親切な問いかけに、一瞬間を置いてカタログの入ったラックを指差し、あそこに載ってる、水羊羹をください と言って、「どうかこれが天上のアイスクリームになつて／おまへとみんなとに聖い資糧をもたらすやうに」と心のなかで祈った。

おなじ空の下を――三月十一日のあとで

どんなに精緻になっても、天気予報は信用できない。予報は確率の問題であって予定ではないし、予定とは守らないことを前提にして人の心を安らかにする護符にすぎない。測定機器を使った分析よりも身体感覚の変化の方が、そして、その変化に左右される言葉の表れの方が、むしろ正確ではないだろうか。

冬の寒空からの連想で、前回、私は北の国の詩人の、彼にとって最も大切な存在が奪われていく現場で発せられた一節を引いた。霙を「天上のアイスクリーム」になぞらえ、いま命を失いつつある「おまへ」だけでなく、「みんな」にとってそれが「聖い資糧をもたらすやうに」と祈る詩人の言葉を思い出したら、どうしてもそれが身体から離れなくなってしまったのだ。「みんな」に対するその祈りに似た想いは、それから十日ほどして起きた未聞の天変地異によってさらに大きなものとなったのだが、虫のような、動物のような、予報でも予定でもない「予知」に近い身体の感覚は、また少しだけ鋭くなった。言葉を紙のうえに置くときに従う直感めいたものは、これも以前記したとおり、私の場合、いつも左からやってくる。不吉ななにかを察知するたびに、朝でも夜中でもあちこちさまよい歩き、ときどきアクリル製の募金箱の前に立つ。

数年前、何冊目かの散文集を準備していたとき、複数の候補のなかから収録作の一篇のタイトルを書名にしようと決めた。全体をとりまとめるのに最もふさわしいとしてそれを選ぶに至った明確な理由はない。ただ、その前、何日にもわたって、私はずっと、半身に嫌な振動を、微動を、痺れを感じていた。一度は、いつものことかとやり過ごした。二度目以後は、もう逃れようがなかった。

執拗に襲ってくるその感覚をむしろ信じて、予報、予定、予知の、三つの単語から外れた「予告」のもとに、近刊のお知らせを配信した。タイトルは、『二度目の揺れ』。自然現象の揺れとはまったく異なる内容ではあったものの、ある種の文学的な反応の比喩としては有効だと思って記した、外国の作家についての一文からもらったのだ。すると、発行予定日まで一カ月を切るか切らないかという頃になって、日本海側で大きな揺れが生じた。人力で制御できない発電所では、「天上のアイスクリーム」を不吉なものにしかねない火災も発生した。その本は、別の名で世に送り出された。

祈りが叶えられることは、ついになかった。身体も言葉も揺れた。しかし、揺れる言葉でしか、いったん揺れた言葉でしか表せないものがある。鈍い言葉の雲の層が、不可視の危険な粒子をいくらかでも吸着してくれるようにとふたたび祈りながら、私はこれからも、おなじ空の下を歩く。

新道の前で

道路は最初から引かれているものだと思っていた。山を切り開いて住宅地を造るような場合でも、街全体が立ちあがるのだから設計段階から道路や歩道は存在しているわけで、そこに住み着いた人たちにとって、道はもとからあるに等しい。古い建物が壊されておなじ敷地にその何倍もの高さの建物が聳え立つというのではなく、壊されたあと両側になにもない道路ができるような例は、住民やその街の愛好者たちを巻き込むもっと大きな規模でしか起こりえないし、これだけ空間に余裕のない都市の境界線をいじっておきながら、つながるはずのない二点のあいだを線で結んでしまうなんてまずありえないだろうと、根拠もなしにそう信じていた。

その考えられないことが、生活圏内で二箇所同時に起きてしまった。一つは住宅展示場などもある広大な敷地内の増改築にともなう区画再編で、なかを歩いたわけではないからどこがどう変わっているのかはわからないけれど、いつもバスから見えていたS字カーブを越えたところにある鉄製のアーケードの脇に、それまでなかった新しい道が伸びていた。汚れのないまっさらなザラメのようにちかちか光っていて、それがいきなり視界に入ってきたものだから、黒い河が流れているのかと思ったほどだ。ともかく、風景は一変していた。

もう一つの異変は、徒歩圏内にある住宅地のなかで、先日畑がつぶされて分譲地になってしまった場所からもそう遠くない、ちょっとした高台で生じていた。両側に一戸建てがずらりと並んだ坂道が数本あって、それぞれに傾斜度がちがうので、私はそのときどきの体調に合わせて順路を選択しているのだが、どうもきつすぎると思われた道を迂回して、もう一本先の傾斜のゆるい方に向かおうとしたとき、突然、左手に空間が開けたのだ。見あげると、切り取った球面を被せたみたいに真ん中が膨らんでいる不格好な坂道のうえに、見覚えのある欅の大木が立っている。あの樹はべつの坂をのぼって宅地のなかの小径をじぐざぐに進まないと辿り着けない一角にあるはずだ。悪い夢でも見ているのだろうか。

そのとき、坂ではない方の、つまりいつもの道の向こうから犬を連れたおじいさんがやってきたので、近所の人だろうと思って声を掛けた。あの、ここは、私有地でしょうか？　いいや、前は竹藪だったとこですよ。ああ、そうだ、そうでした。するとおじいさんは、少しばかり表情を曇らせた。通らないほうがいいですよ、あのあたり、ぷくっとふくらんでるでしょ。指先は、先ほど気づいた膨らみを正確に示していた。あそこにね、むかし、罪人の墓があったって話です、硬い大きな岩があってね、工事の人はそれをどかさずに盛り土してかぶせちまった、ぜったい、化けて出ますよ、通らないほうがいいです。昼もですか？　昼もです。朝も夕も、私はまだその道を歩いていない。

竪坑のまわりで

四方を建物に囲まれた中庭に、巨大な竪坑が掘られている。週に二、三度、集中管理室とも言うべき場所へ仕事に必要なもの受け取りに行く途中、この地方特有の黒っぽい土肌をさらした穴が少しずつ規模を拡大していくさまを、低層階の窓からぼんやり眺めるのが習慣になった。十代の終わりから二十代の初めにかけて親しみ、長い空白を経てふたたび日常的な光景として享受し始めた施設の一端が取り壊されるという話を耳に入れたのは、四年前のことだ。若い日々の行動と目線の基軸になっていた建造物が消えれば、身体感覚はいやおうなく乱れて右往左往するだろう。この廊下を抜ければ左に、あるいは右に階段があり、階下の休憩所には飲み物の自販機があるといった視覚の心構えが無効になるだろう。そんなふうに考えていたのだが、よく理解できない中断を経て、一挙に動き始めた普請中の空気に、私の五感はとまどいながらも順応していった。

危険性を指摘されていた建物はすでにない。穴は、その跡地に出現したものだ。ついこのあいだまで機能していた敷地内の通路が封鎖され、迂回路が設けられた。直線で移動すればすぐの距離なのに、ひどく時間がかかる。しかし、建物と建物の隙間など、ふだんはめったに足を踏み入れない陰の部分を利用した道筋の新鮮さによって、負の側面は少しやわらいだようだ。消滅した高層棟と接していた低層棟の壁面を狭い通路から仰ぎ見ると、四肢を切り落とされた剥き出しの肌に、灰白色のコンクリートのかさぶたが等間隔にへばり付いている。切断された赤い鉄骨とそれが思いがけず調和して、なかなか美しい。

眼前で起きているのは、すべてを破壊し、更地の状態からなにかを立ちあげることではなかった。稼働している部分を残したまま特定の部分だけを更新するという、建築ではごくありふれた作業である。ことの順序として、活用している施設には、新しいものを受け入れるための微調整がほどこされている。仮設エレベーターが取り付けられ、掘削や鉄骨の組みの現場に近い空間には防音のための内窓が追加され、屋内の備品は言い訳のように、より快適な型に取り替えられている。

更新とは、生まれ変わる場所よりも、それを支える周囲の保守点検と小規模な手入れに気を配ることだ。たぶん、文章の直しとおなじようなものだろう。一部だけすげ替えるのは、修理でも更新でもない。一つの文章を書き換えるには、全体の手入れが必要になる。明らかな変化を示したうえで、見えないつなぎの部分に全神経を傾けること。白いフェンスの周りでなかなか疲れが取れないのは、そんなふうに、日々をつねに書き直しているからかもしれない。

ソファーにひろがる宇宙

待ち合わせに指定された都心のホテルに、少し余裕をもって出かけて行った。時節柄よけいな照明を落として薄暗くなっている建物が多いのだが、そのホテルのラウンジには、四車線の道路に面した大きく丈高いガラス窓から自然光がたっぷり入る。空き時間の読書に何度か利用したことがあるので、私はそれを知っていた。音楽も流れていないし、靴音はカーペットに吸われ、食器やカトラリーの触れ合う音は天井に消えていく。一人でゆったりした時間を過ごすには、申し分のない空間だ。

とくに気に入っているのは窓際の席で、そこにはかつてのカリモク家具に似たデザインの、ファブリック地の椅子が一対置かれている。歩道とはガラス一枚で隔てられているだけなので、外からのぞき込まれているような感覚もあるのだが、本に集中していれば気にはならない。ソファーは場所に応じて種類や素材がうまく変えられ、右の布地のほかに、イタリア産と思われる柔らかい革張りのものがあり、一方は木製の、他方は鉄製の脚を持つ低めのガラステーブルに合わせてある。

初めて入ったとき、私はなんの考えもなく、空いていた革製のソファーに腰を下ろした。もうこのあたりでお尻が座面につくはずだとの予想を裏切って、ほんの一瞬、身体がふわりと宙に浮く感覚があり、そのあとゆるやかな降下を味わったのだが、底まで達して背を凭せ掛けてみると座面の奥行きがありすぎて、両脚が幻のオットマンに乗ったような恰好になった。身体を前にずらし、脚を床につけると、今度は前屈姿勢を余儀なくされ、いっこうにくつろぐことができない。そんなわけで、以前より暗く感じられるラウンジに着いて真っ先に確認したのは、自分の身体のサイズに合う布地のソファーが空いているかどうかだった。

しかし、もう先客がいた。目に入ったのは、細身の男性の後ろ姿である。身を屈め、座面に顔をひっつけんばかりにして、なにかを拾い集めているようだ。空席はその斜め横の忌まわしい革のソファーしかなかったので、私はあきらめて男性の脇をすり抜け、ついでにちらりとのぞいて見ると、この暑さにも負けず背広にネクタイというしいでたちの老紳士だった。美しい白髪をやや乱し、頬を紅潮させながら、いっしんに指を動かしている。猿山の長老が蚤取りをしてやっているようでもあった。

なにか、お探しですか？　老猿はこちらに顔をあげ、はにかむように手もとのケースを示した。仁丹だった。こいつの中身を、すっかりぶちまけてしまいましてね、生地の編み込みにつぶつぶが入って、往生してます、どうも目の調子がよくないもので。それはまた、大変ですね、と同情しつつ私は為す術もなく立ち尽くし、ファブリック地に埋め込まれた数千粒の球体を想像しながら、遠い宇宙を旅しているような錯覚に陥っていた。

指先の記憶

都内都下の駐車場は、時間貸しでも月極でもたいていアスファルトに覆われているけれど、まだ砂利か砕石が敷いてあるところもあって、こういう造りだと水は溝ではなく土に染み込むのか、邪魔にならない隅っこの方や囲みのフェンス沿いに、しばしば木々の姿が見える。といっても目隠しがわりの植栽である場合がほとんどで、要は手入れされた緑地なのだろうが、ごく稀に自生とおぼしき木もある。アスファルト舗装の場合でも、保護樹木があったりすれば業者も手を出せないので、そこは根の周りを円形にカットして水が染み込むよう工夫されているようだ。

蒸し暑い炎天が去って、涼しい曇天つづきとなった夏の初め、幹線道路から少し横道に入った住宅地の一角の、十数台駐められる砂利敷きの駐車場の隅に、一本だけひょろりと生えている果樹を発見した。紫色の小さなげんこつがあちこちに付いているフロアスタンドのようなシルエットで、すぐにわかった。無花果である。旬の季節としては少し早いくらいだろうか、幹のうえの方はきれいな紫に染まっているのに、下の方はまだ色付いた果実を実らせてはいない。乱雑な枝振りからすると、わざわざ植えたものではなく、むかしからそこに生えていたのを伐らずに取って置いたふうである。

子どもの頃、夏休みになると、近所のちょっとした空き地や草地のはずれにあった無花果の実をよくもいで口に入れていた。ジャムやドライフルーツにするなんて想像もしなかった、昭和時代の田舎の話だ。手で触れてみて柔らかくなった実をねじり取り、水洗いもせずに親指を使って二つに割ると、産毛の生えた皮をちょっとだけ剝いて、じつは花だというあのつぶつぶした部分といっしょにがぶりと囓る。友だちに薦められて初めて自生の無花果を食べたときは、微妙な乳臭さに抵抗を感じたものだが、何度か繰り返すうち、しだいにその味がやみつきになった。夏の終わりに熟れた実はなんとも言えず美味で、逆に言えば、無花果の甘味が喉に浸みわたって本当においしいと思ったら、それは休みが終わりに近づいていることを意味していたのである。

重いのか軽いのかわからない、熱気球のようなあの実をぷちんと引きちぎるようにもぎ取り、手を洗う場もないのを承知で親指を突っ込む。無花果を食べる悦びは、口腔の味わい以上に、指先の感触にあることを、当時はうまく表現できなかった。そこに官能性という言葉をあてがう力もなかった。しかし、無花果と指の組み合わせは、プルーンや桃との接触と明らかにちがう、唯一無二のものなのだ。

近づいて見ると、駐車場の無花果は熟していた。一つ頂戴して、指の記憶を呼び覚ましてやろう。そう思って手を伸ばそうとしたら、隣家の塀のうえにいた猫と眼が合った。たしなめるような、煽るような、不思議に湿った眼だった。

黒い爪をなくして

駅に向かう途中、激しい雷雨に見舞われた。傘の骨の先から下へと伸びる雨の鍾乳石のあいまに、黒と黄色の泥が混じったような雲がひろがっている。どんな素材にどんな光を当てたらこんな色に染まるのだろう。ぼんやりそんなことを考えているうち、車の撥ねる重い水のしぶきと、ふだんの爆走から一転、注意深い片手の曲乗りとなった自転車に迫られて、私は動きの鈍い障害物になっていた。雨の柱がいっそう重くなり、雷鳴がすぐ近くでとどろく。次々に湧き出てくる勇猛果敢な自転車の群れにぶつからないよう、私はしばらくのあいだ、非常駐車帯のようなマンションの入口に身を潜めて待つことにした。通り過ぎる乗り手の多くは女性で、片手でハンドルを握り、赤、透明、黒と、さまざまな色の傘の帆に風を孕ませている。そのうちの何割かは、後部に取り付けた座席に雨合羽を着た子を乗せていた。これだけの豪雨をものともしない母親たちの勇気に感服しつつも、転んだりしないかと気が気でなかった。

ところが、ほどなく、べつの意味でさらに怖ろしい曲乗りが迫ってきた。首と肩と腕と顎を巧みに使って傘の柄を固定した若い女性が、携帯電話で話をしながら走ってくる。これはさすがに危ない。そう思った瞬間、彼女はマンションのすぐ近くにあった歩道と道路の段差に前輪を滑らせてバランスを崩し、命綱の携帯電話を勢いよく落とした。カシャンと裏蓋が外れるような音が水のせいでわずかに籠もり、それでもはっきりと耳に届いた。自転車にまたがったまま呆然としている彼女の前に私は歩み出て本体とその蓋らしきものを拾いあげ、大丈夫ですか、と差し出した。

すみません、ありがとうございます。礼を言って外れた部品を合体させながら、彼女は、あ、と声をあげた。記録媒体がどこかに飛んでいたのである。黒くて小さい、ちょうどこのくらいの大きさなんです。濡れた左手を伸ばして、彼女は私にほっそりした指先を見せた。爪にはすべて、艶やかな黒をベースにしたネイルアートが施されていて、それが稲妻を照り返すようにきらりと光った。一瞬、言葉を失った。剥がれ落ちたのは電子部品ではなく、彼女自身の爪のように感じられたからだ。

ふたたび身をかがめて、また暗いアスファルトの路面に眼を凝らす。いったい、なんの因果でこんなことをしているのだろう。自転車を揺らした段差には雨水が滝のように流れていた。近くの高架を、乗るはずだった列車が通り過ぎていく。背中越しだから、姿は見えない。不吉な長い影だけが、暗い水に覆われた路面のうえで蛇のように波打ち、舌のようなものがちろちろと揺れ動いている。爪はもう、この蛇に呑み込まれてしまったかもしれない、と私は思っていた。

北の湿原から

本日はご来店いただきまして、誠にありがとうございます、上へ参ります。いったいどこから絞り出したのかといぶかしくなるほど特徴のある、高くて深いコハクチョウの鳴き声みたいに、ほんの少し空気の足りない喉もとでそう復唱すると、彼女は無言で二度、うんうんとうなずいてボタンを押す。髪は剛毛に近く、ところどころ失敗した手打ち麺のように変な波を打っている。枝毛はもちろん、白髪さえ混じっているその後頭部は、首が縦に振られるたびにがさごそ音を立て、なかから小鳥でも飛び出すのではないかと思われた。不思議な頭髪トピアリーを眺めながらエレベーター内に響き渡る声を聞いていると、脳裡になぜか北方の湿原がひろがっていく。白い手袋をしているので、手や指先の様子はわからない。ややすさんだ髪の状況と、制服に包まれた身体全体から発せられるなんとも言えない疲労感とで、彼女はいつも、箱詰めされた客の生気を、ほんの一瞬で吸い取っていた。

ドアが開くときは、操作パネルのあるわずかな壁面に隠れるように立ち、客が乗ると今度は背を向けるので、六、七年も通っていながら、まともに顔を見たことがなかった。それはどこか現実離れした体験だった。非現実感をさらに強めていたのは、上へ参りますと言ったわずか十秒ほどの後に、二階でございます、ありがとうございました、と宣言して彼女の仕事が呆気なく終わってしまうことだった。店は二階までしかなく、しかも上方向の移動手段はエレベーターしかなかったのである。私は二階の奥の壁にしつらえられた、いつもがらんとして、係も不在なら商品もまばらな珈琲豆売り場にしか用がなかったのだけれど、年齢不詳のトピアリーおばさんの操る函に乗らなければそこに辿り着くことができない。帰りは下り専用エスカレーターを使うことになっているので、一回の接触は十秒足らずだ。月に二回で二十秒、一年間で二四〇秒、つまり四分しかない。しかしその四分のなんと濃厚なことだったろう。彼女は他の仕事をしなかった。搬入も搬出も精算もやらず、一階と二階を、ただひたすら垂直に往復していた。

ある秋の一日、候鳥が渡りの準備をしているうちそのおばさんがいなくなり、珈琲売り場が片付けられ、全体が冷戦時代のモスクワの百貨店みたいになって、一カ月と経たないうちに閉店となった。その後、居抜きでべつの店が入ったものの、鈍い光の湿原は、鳥もいなければ剛毛も生えない沙漠と化した。珈琲はすべて真空パックになったため通う理由はなくなってしまったのだが、いまでもときどき私の耳にはあの声が響いて、丁寧に淹れた珈琲の味に、独特の渋みとえぐみを与えてくれる。

管制塔の高さに吊られた鈍い太陽

大都市近郊に位置する空港のボーディング・ブリッジのうえに、まん丸の太陽が浮いている。靄が掛かっているのか、周囲はなんとなくぼやけていて光がまっすぐに下りてこないので、色付きの下敷きを透かして眺めたときのようにくっきりとした円周が識別できる。動かない太陽。ずっと空に留まっているような、熱のない、奇妙な頼りなさにたじろぐ。留まっていると感じたのは、映像のあいまに流れてくる音声が、「固定された」とか「植え付けられた」という、過去分詞を使った言葉で球体を形容していたからだ。そこに立っている女性の片頬の明暗で、まちがいなく光が、しかも、かなり明るい光が届いていることもわかる。

半世紀ほど前に制作されたその映像を初めて観たとき、私は冒頭の光を張りぼてのなかのプロジェクター程度にしか捉えていなかった。小さな上映室に投射された記憶の画面はつねに暗く、黒く、艶が消し去られて、ほぼ曇天と言っていい印象だった。曇り空が太陽のように固定されるなんて、通常はありえない。女性が叫び、画面が揺れていないのになぜか揺れが生じ、固定されているにもかかわらず全体がぶれる奇妙な動揺のなかで、一人の男が死ぬ。その直後に起きた三度目の世界大戦が、開けてはならない蓋を開け、見えないはずの物質をまき散らして、登場人物たちは「現在」を生きる術をなくしてしまった。救いを過去に、そして未来に求め、貧しい「いま」の回復を目指して、貧しくなる以前の世界と未来に密使を送る試みがこうしてはじまる。

過去には光がある。しかしその光は、あくまで癒しがたい曇天のなかにあった。「記憶も、計画もない」曇り空の男は、なぜ自分の記憶が消失し、為すべき計画を持っていないのかを理解する。映像と向き合いながら、私もいつしか実験モデルになっていた。モデルになることで、おなじ部屋にいる、二十数年前にはこの世に存在していなかった若者たちに対して、このぼやけた太陽がどんな作用を及ぼし、どんな意味を持ちうるのかを探ろうとしていたのだろう。「現在」がどのような惨状にあろうと、最終的には壊滅をまぬかれ、人間がまだ生き延びていたという設定に、先んじて安堵する権利はある、と若い友人たちは微妙な表現を使った。まっすぐな中空の桟橋の向こうの、管制塔の高さに吊られた鈍い太陽についての言及は、そこになかった。けれど、あのモノクロの太陽がなかったらなにも始まらず、なにも終わらないのではないか。

記憶の蹂躙は、存在の傷みをともなう。ありもしない過去は、やはり最終的には「ありもしない」状態で終わるのだ。私のなかの曇り空の太陽は、「ありもしない」光を放って、いまだ沈む気配もない。

トーテムポールは役に立たない

こちらですと声を掛けられて、なに一つ疑うことなく、示された暗い土間に足を踏み入れた。祝い事に参列するため、私はいわゆる礼服に準ずるような色合いの、黒ずくめの服を着ていた。黒のジーンズ、白いシャツに黒くて細い革のネクタイ、そして黒のジャケット。披露宴にはふだん付き合いの薄い親族も集まるので、雰囲気の調整がむずかしい。友人たちとは、もっとこぢんまりした、隠れ家的なレストランを貸し切りにしてお祝いをしたい。駅からちょっと歩くけれど、時間どおりにこなくても、好きなときに顔を出して好きなときに帰ってくれればいいし、おいしいものを食べて楽しんでくれればぼくらも幸せだ。新郎はそう言って、はがきの下の方に、直線と小さな丸だけで描かれた、まことに見にくい地図が刷り込まれている案内状を送ってくれていた。

詳細な地図があっても迷う人間に、詳細ではない地図がいったいなんの役に立つのか。窮地に陥ったとき私が頼りにするのは、電信柱である。無表情なこのトーテムポールは、電線をつなぐだけではなく人が迷子にならないための指標の役目も果たしており、何町何丁目何号と表示があれば最悪の事態からはまぬかれうるはずなのだが、なまじ地図があると呪術の名残りを秘めた円柱だけを信じる勇気がなくなる。洒落たデザインの地図には、南も北も記されていない。線分は時空を歪め、左を右に、右を左に変えていく。

薄いだいだい色の提灯がぶら下がっている、とも教えられていたので、提灯が目立つくらいの闇のなかにあるのだろうと思い込んだ私は、あえて街灯の少ない路を選んでいた。ほどなくすると、遠目のきかない視野に人影らしきものが映った。手招きとまではいかないまでも、両腕をぴたりと胴に付けてちょっと頭を下げたように見える。ああここだ、と安堵したのと、どうぞこちらへ、と先方が言葉を掛けてくるのとがほぼ同時だった。すでに開いた状態の引き戸の向こうには薄暗い土間が延びている。それは文字どおりの土間と言うべき狭い通路で、奥の方からなにやら人の声のざわめきが聞こえていた。

だが、誤りに気づくまでにさほど時間は掛からなかった。私が迷い込んだのは、表示を出さない隠れ家的な通夜の席だったのである。半徹夜状態で顔色もかなり蒼かったのだろう。ただ疲れているのではなく、なにかしら哀しみを抱えていると思われたとしても否定はできない。ただ、まちがえましたと言うには間が悪すぎた。私は偽りの名で記帳だけして香典は出さず、頭を下げ、遺影の前に出ると、焼香をして故人の冥福を祈った。

歌をうたうんです、オルガンに合わせて

長時間差し向かいで話したことも、いっしょに食事をしたこともないけれど、人が集まる席で顔を合わせるたびにやさしい言葉を掛けてくださった方が、昨年暮れ、突然亡くなられた。親族とごく少数の関係者のみが参席できる葬儀の段取りが伝えられたので、ぜったいに場所をまちがえないよう地図を二種類用意し、十分な時間をとってタクシーに乗ると、異国の力を借りた全地球測位システムにすぐさま必要な項目を打ち込んでもらい、あとは運転手にすべてを任せた。

年の瀬とはいえ交通量は多い。ただ、仕事納めの日に当たっていて、冬の陽射しが暖かい都心の大通りに入ると、半ドンを終えた人々が三々五々まとまって、嬉しそうな顔で舗道を歩いていた。明日が確実にあり、明日が終われば明後日もやってくる。それを、少しも疑っていない表情だった。

いいお天気ですね、と運転手がバックミラーのなかから話しかけてきた。手放しによいお年をなんて言えるようなご時勢じゃありませんが、それでもやっぱり、よい年になるといいって、つくづく思います。ほんとうに、そうですね。相槌を打ちながら、私は亡くなった方からほんの一カ月前に届いた、つまり最後の手紙のことを考えていた。

通常のサイズより少し小振りなレターセットにブルーブラックのインクで綴られた、いつもは丸っこく愛らしいその文字が、ひどく乱れていた。線の一本一本が波打ち、縦書きの列も左右にぶれて揃っていない。体調がすぐれないという報告そのままに、疲れが全面にあらわれていた。にもかかわらず、最後は「くれぐれもご無理なさいませんよう、お祈りしております」と結ばれていたのである。なにか胸騒ぎがして、私はすぐに返事を認めた。

どうかお仕事をしすぎないように、長生きしてくださいね。それが彼女の口癖で、会えばかならず腕を摑んで身体を寄せ、早口であれこれ近況をお話しされたあとその台詞でしめくくられた。なぜそんなことを言われるのか、理由がわかっていただけに、心遣いに値するほどの仕事をしていない自分を恥じ、同時にまた、息子のような年の男の健康を案じてくださるやさしさと孤独を思って、胸が詰まった。

車の流れがどんどんよくなっていく。小さなモニターの隅に、あと何分で目的地に着くとの表示が出ていた。具体的な数字でなにかを語ることができたら、どんなに気が楽になるだろう。年の瀬のこんな時間に、教会でなにがあるんですか、と運転手がのんびりした口調で尋ねた。歌をうたうんです、オルガンに合わせて。そりゃあいい、声を出せば元気になりますよ。だといいですね。そう応えて、私はまた窓の外に目を移した。

猫背のままで

カイロを忍ばせたコートのポケットに突っ込んでいる指先まで凍えてしまいそうな雪の日、役所の命に従って勤務先のがらんとした空間で残業を済ませたあと、居合わせたわずかな若者たちと居合わせなかった多くの若者たちの将来を祈ってお参りに出かけた。半分は縁日気分を楽しむためであったけれど、ここはむかしからの散歩コースなので、信仰とは関係なく一種の通行料として、本堂で小銭を投げ入れている。地形的には谷底に当たるのだろうか、十字路の一角の、賽銭箱のような交番の脇から急な石段をのぼり、色とりどりの屋台のあいだを抜けて行く前に、ふと思い立って正規のものではないかもしれないおみくじを引いてみたら、運などどこにも開けていないことが判明した。

しかしおみくじの起草者はやはり人間愛に満ちていて、人を傷つけないような文言を添えてくれている。「以下必要のない事項は除いて読むこと」。試験の解答やレポートだけでなく、世のなかにじわじわひろがっている見えない脅威とは、要するにこの「以下必要のない事項は除いて読む」という視野の狭さなのだと思いつつ、結局なにも読まなかったことにしておとなしく列に並んだ。人間の品性は、こういうところにさもしく表れ出る。それを深く心に留め、昨年のおなじ時期にも眼を閉じてつぶやいたその言葉になんの効き目もなかった旨を報告したうえで手を合わせると、今年もまた必要のない事項を除かず、一言一句丁寧に読みますと誓って帰路に就いた。

帰りの地下鉄の駅で、偶然、旧知の女性と再会した。さっきお賽銭投げて祈っているのを見て、そうじゃないかなと思ったの。猫背の感じでぴんときたというから、姿勢の悪さも役立つことがあるわけだ。最後に会ったのはいつだったか確認し合って、ともに声をあげた。二十数年ぶりである。あのときも冬で、わたしが声を掛けたのよ、新宿のアイスクリーム屋さんで列を作っているときに、と彼女は笑った。どぎまぎして、アイスクリームは冬の寒い日にこそ食べるものだ、気温の低いときに冷やしたほうが真夏の暑い盛りより消費電力は少ないはずだし、すぐに溶けてなくなることもないとかなんとか、変な言い訳をしてた。そうだったかな。そうだったかもしれない。

アイスクリームが溶けませんようにと私は小さい頃から祈りつづけてきた。そして、アイスとはつねにバニラ味を意味し、他のフレーバーにはなんの関心もなかった。現在でもそれは変わらない。三十種類以上の味を並べた看板を見ながら、二十代の私は、きっと「以下必要のない事項は除いて読むこと」にしていたのだろう。いまと変わらぬ、猫背のままで。

揃えることと揃えないこと

碁盤目に道が敷かれている町を歩く。何条通りと名付けられた「何」のところに一から順に数字が入るのだが、はるか先までほぼ直線に伸びているその街区に足を踏み入れるたびに、なんとも言えない気分になる。丈の高い建物は一つもない。ほとんどが一戸建てで、外貌に多少の差はあるものの、どこか共通の匂いがあるのだ。まばらに建つ集合住宅も同様である。狭い敷地をうまく利用したアパートやコーポと呼ばれる建物は、せいぜい二階建てだから空も広く、開放感がある。それなのに、歩けば歩くほど五感が狂ってくる。こんなにもばらばらな家が並んでいるのに、なぜ画一的に見えるのか。あるいは、これほど規格が揃っているのに、なぜばらばらに感じられるのか。普請中の家で、大工さんたちが断熱材を埋め込み、細い木組みの枠を石膏ボードで覆っていた。バシッ、バシッと釘をひと息に差し込む機械の音が通りに響く。空気は冷え切っていた。

先日、宮大工の棟梁、西岡常一の仕事を記録した映画を観る機会があって、そのあいだずっと、揃う、揃わない、揃える、揃えないという右の問いを想い浮かべていた。「木は生長の方位のまま使え」と棟梁は語る。山の南で育った木は建物の南側に使う。木の育ちや癖を無視して外面を合わせるのは、本当の意味で「揃える」とは言えない。放っておけばどんどん曲がってしまう癖を見抜き、反対の癖を持つものと組み合わせることによって全体の歪みを封じるのが「揃える」の意味なのだという。歪みが歪みのまま、大きな均衡を生む力になっていく。碁盤目の町並みを吹きすぎるのは、一戸一戸を形成している木々が言葉の真の意味で揃っていないことに由来する、全体としての不均衡の風なのだ。

正しく揃えるためには、長い時間が必要になる。歪みが歪みでなくなっていくまでに、何百年という単位の時間を見越しておかなければならない。いま目の前で、揃っていないかのように見える状況を耐え抜くためには、建物一つ一つだけでなく、それらが組み合わさってできる町の姿に対する想像力が求められるだろう。普請中の普請とは、「禅寺で、大衆を集めること。また、あまねく大衆に請うて堂塔の建築などの労役に従事してもらうこと」だと『広辞苑』は説く。土木建築一般で使われる言葉の源には、仏の教えと信仰があった。神も仏も信じない身だから、「だいしゅ」ではなく「たいしゅう」にしかなりえないけれど、揃えることと揃えないことの深さだけは、深く肝に銘じておきたい。

燕の輪のなかで嵐は向い合わせをする

透明なビニールから白銀色の棒が卒塔婆のように何本も突き出していた。かくんと途中で折れているものもあれば、ぐにゃりと曲がっているものもある。一つ二つではない。地下道につづく階段の開口部を取り囲んだコンクリート塀のうえには、雨風をしのぐわずかな庇があって、壊れた傘がその脇で山を作っていた。地下からあがって開かれたとたん、無惨に打ち壊されてしまったのだろう。あるいはすでに軟体動物と化したその一部を飾りのように掲げて地下シェルターへ駆け込もうとする人が、順次捨てていったのかもしれない。度を超した雨風のなかで、あちこちに放り出された残骸をわざわざそんなところに集める者がいたとは考えられないから、それはまちがいなく自然発生的にできあがった即席の墓場だった。墓という言葉を使いたくなるほど、そこには命を失ったなにかの気配が濃厚に漂っていたのである。

浜に打ちあげられたまま腐敗し、白骨化した巨大海洋生物。いや、骨組みだけだったら、それほど目に焼き付けられることはなかっただろう。ゼラチンみたいにねばねばしたビニールが柄にまとわり付き、はたはたと震え、舞い込んでくる風を孕んで息をしているさまには、色とりどりの、しっかりした傘の群れにはない、安価な均一素材だけに備わっている奇妙な美しさがあった。

嵐の翌朝、駅前の喫茶店の窓から、殺風景なビルの谷間に溶け込んだその異物を眺めていると、黒い影が地から天へ、さっと弧を描いた。眼の内に巣くう濁った影ではない。滑らかな一筆書きの航跡を残して、その影は右から左へ、そして左上へと高速で移動していった。燕にちがいない。あのコンクリートの庇に巣を作るつもりなのだろうか。そういえば、飛んでいるところに出くわすことはあっても、彼らの巣づくりや子育ての様子を、もう何年も見ていない。むかし詩人のK先生の訳で読んだ、「燕の輪のなかで、嵐が向い合わせをし、庭園《にわ》がつくられる」という、ルネ・シャールの不思議な詩行がよみがえってくる。原文では単数形なのだが、この詩のなかで輪を描いているのは一羽だけなのか、それとも複数で中空のロンドを舞っているうちの一羽なのか。あとにできた庭園とはいったいなにを意味するのか。答えはない。春は黙っていてもめぐってくる。燕もやってくる。庭園をビニールが覆ったりしないよう、そして歓待の仕方に変化のないよう願って、私は席を立つ。

消防士の卵

入口の照明が、離れて見たときの印象よりも暗い。時勢を考慮して節電につとめているのかと思いながらステップをあがり、閘室のような空間から店内につづくガラス張りの自動ドアの前に立ったところで、考えをあらためた。というのも、レジの前の通路に円筒形の業務用掃除機がでんと居座り、その周囲の床を真っ黒なホースがくねくねと這うように進んでいたからである。暗いのは、たんに閉店準備に入っているということなのかもしれない。店員の姿はどこにもなかった。壁に張られたメニューや広告のたぐいに目を走らせてみたのだが、営業時間は明記されていない。しかたなく中に入ってホースの先を辿っていくと、女性の店員が腰をかがめて掃除をしていた。奥の喫煙席では、背広姿の二人組が談笑している。客がいるのに掃除を始めるなんてことがあるのだろうか。いぶかりつつも、私は掃除機の女性に、こんばんは、と声を掛けた。

営業中ですか。はい、と答えた彼女の、痩せた山羊のような顔立ちと脂っ気のないたたずまいが、なぜか郷里の国道沿いにあった、ドライブインの食堂を思い出させた。そちらに座って、いいですか。どうぞ。表情ひとつ変えずに彼女は言い、消防士の格好で大きなノズルを抱えたまま、舗道に面したガラス窓の脇のテーブルを細い顎で示した。そして、ホースをずるずる引きずりながらいったん店裏に戻り、あらためて注文を取りにきた。あの、ここは、何時まで開いてるんでしょうか。私はおずおずと尋ねた。ひと晩中です、と彼女はこちらを見ずに答える。長くいらっしゃるおつもりですか。語調をまったく変えないその返しが鋭く耳に突き刺さる。いいえ、つまり、その、しばらくゆっくりしたいだけです。それに対してはなにも言わずに彼女はメニューを差し出し、注文票をエプロンのポケットからゆっくり抜いて構えた。このサラダと、ブレンドコーヒーを。パンとかは、どうしますか。あ、じゃあ、パンもお願いします。

しばらくして、また彼女が戻ってきた。手ぶらだった。サラダに使うゆで卵を切らしてました、少々お待ちいただけますか、まとめて茹でるので、時間が掛かるんです。べつに卵抜きでもかまいませんけれど。それはだめです。彼女はきっぱりと答えた。ゆで卵がないと、さまにならないサラダですから。自分の店のメニューに対する厳しいコメントに、私はたじろいだ。さまにならないというのは、色合いの問題ですか、それとも味の面でですか。両方です。私は一拍置いて、わかりました、では、全部いっしょに持ってきてください、と頼んだ。

大きなガラス窓の向こうを光の筋が流れていく。車種によって光源の高さが微妙にちがう。舗道を挟んで道路に面している私の席とほぼおなじ目線になるのは、タクシーの車内灯か大型トラックのヘッドライトくらいだった。腕時計は午前二時五十七分を示している。二十分が過ぎた。卵はまだ茹であがっていない。

ここにいる不思議とここにいない不思議

いつも窓の外に顔を向けて、彼はじっと立っていた。汚れ一つない、ぱりっとした白衣の前で重ねた毛蟹のような手の甲が、そこだけ黒い塊になっている。背後には腰の高さのカウンターが、周囲にはやはり白いクロスを掛けた二人用のテーブルが数席あって、カトラリーが几帳面に並べられていた。大通りと斜めに合流する小さな道路の、鈍角に当たる側の三角地に建っているその店の前を通るようになって十年以上のあいだ、客の姿は数えるほどしか見たことがなかった。

土地が悪かったのかもしれない。出入口と道路のあいだには大きなU字溝を埋めた川があり、客となる人たちはそのうえに載せられた、滑り止めのある縞鋼板を渡らなければならないのだ。土地が湿っていることは空気で感じられたが、ある時期から、その冷たく湿気た、傾斜のある鉄板に、屋外用のテーブルと椅子が二組置かれ、メニューを書いた小さな黒板には、お茶とケーキのセットありますとチョークで華々しく記されるようになった。私が知らないだけで、そこそこの客があったのか、もしくはオーナーに家作でもあって収支は度外視しているのか。

ある晩、店の前を通ると、主人がてきぱきと「動いて」いた。キャンドルの灯されたテーブルに二人分の料理が出ている。ワインもあった。しかし客はいなかった。彼はテーブルの脇に立ち、私には見えない透明人間か亡霊に向かって笑みを浮かびながら言葉を掛けていた。その顔が急にまじめになり、口もとがわずかに歪んだ。見てはいけないものを見てしまった気がして、私はその場を離れた。それから一カ月も経たないうちに店は閉じられ、川は本格的な暗渠になり、宅地として売りに出された。

梅雨が近づいたある夜、深夜のニュースで、米国の著名なSF作家の訃報を耳にした。書棚を探り、十年ほど前に読んだ短篇集を見つけ出して、追悼がわりに表題作を再読しているうち、消えてしまったあの店の、奇妙な晩餐の様子を思い出した。

レストランに勤めている「おれ」が、二十年前に亡くなった両親を客として迎え、食事を共にしながら、どうして長いこと訪ねてくれなかったのかと問う。すると父親から、まったく予想外の、じつに正直で、しかし考えようによってはひどく残酷な答えが返ってくる、という話だ。

あの店のあの空席には、やはり姿の見えない誰かがいたのではないか。彼が店を閉じる決意を固めたのは、彼らから、虚構を支えていたのとおなじ言葉を頂戴したせいではないか。ここにいる不思議は、ここにいない不思議でもあるのだ。

終演の坂道を下りる

坂の多いその街のなかでも、いちばん歩きにくい傾斜地にある映画館で、若い頃熱心に追っていた監督の作品がまとめて再上映されるという話を耳にした。すべてニュープリントで、前売り券には特典も付く。上映期間はかぎられていたけれど、つまらない誘惑を断ち切って日々仕事に邁進すれば、どれか一本くらい楽しめる時間は捻出できるかもしれない。そう思って、通し券を買っておくことにした。

私にとってその人は、監督ではなく役者だった。猫背に猪首、顔立ちは端正なサバンナの怪鳥に似て、いつも少しだけ薬が入っているような血走った眼をしている。背丈がどれくらいあったのか知らないけれど、上目遣いで相手を捉えている印象があって、完全な主役にはなりきれない卑屈さを、じつにうまく体現していた。演劇的音痴ではないかと思われるほど絶妙の下手さ加減が魅力の、そのたたずまいを通して、私は肯定的な卑屈さとはなにかを学んだように思う。

ラインナップのうち、役者としての出演作を観るには厄介な時間調整が必要で、その厄介さは上映が始まってからも解決できなかった。一つ終わるとまた一つ仕事がやってくる。気がつくと、最終日の最終上映分しか可能性がなくなっていた。とうとう覚悟を決め、余裕をもって出かけて行ったら、開場を待つには早すぎ、どこかでお茶を飲むには短すぎるという中途半端な時間をもてあますことになった。映画館の前に、まだ人の列はない。これなら大丈夫だろう。ちょうど原稿用紙を切らしていたので、何束か仕入れておこうと思って、近くにある百貨店の文具売り場をのぞいた。

ところが、そこに置かれていたのは、立派な銘の入った高級品ばかりで、学童たちと私の定番である四百字詰め二十枚入りの安物が見あたらない。研修中のバッジを付けた女性がいたので訊ねてみると、確認して参りますと姿を消した。数分後、彼女は戻ってくるなり、うちでは扱っておりませんと言う。しかたがない。時間も迫っていたし、他の店をまわる余裕もなかった。なにも買わずに映画館に急ぐと、とんでもない人の列ができていた。しかもすでに満席で、理不尽なことに、前売り券があっても整理券がなければ入れないという。初めて彼の映画を観たのは異郷だった。こんな展開になったときは、立ち見を認めろと罵声怒声があがったものだが、いっしょに外へはじき出された人々は押し黙ったままである。私も彼らにならって文句も言わず、肯定的な卑屈さで背を窮屈に丸めながら、ネオンに照らされた円い山の斜面をさみしく下っていった。

あの彼らの声を

最初に彼らと遭遇したのは、二十世紀末の、とある冬のことだった。昼間、散歩の途中でなにも知らずに通った宅地のあいだの細い道の一部が、奇妙な塗料で白く舗装されていた。車線や横断歩道に示すのと、色調も盛りあがり方もちがっている。よくよく見ると、ルオーの油彩よりも厚く塗られた、灰白色の鳥の糞だった。周辺にはまだ豊かな緑があり、止まり木にするのにおあつらえ向きな電線が縦横に走っている。最も高くなっている山は、大きな屋敷の門のすぐ前にあった。公道とはいえ、片づけは家の人がやるのだろうか。

ほどなくして、紅と青の入り混じる夕暮れの空に、椋鳥の群れを目撃するようになった。高台から眺め下ろすと、わざわざ実機を飛ばして撮影したという戦争映画の場面にそっくりな十数羽の編隊があちこちから音もなく飛来して、黒いシーツのような大編隊を組みあげていく。機銃を持たない戦隊は、やがて屹立する欅の枝々と闇にまぎれた。居場所を確保できなかった鳥たちは、複数の電線を横一列に支配して、薄闇の空に十六分の音符と休符を交互に描きだす。一帯が、楽器というにはあまりに不揃いな拡声器に変貌し、甲高い鳴き声を響かせた。人によっては、おそらく騒々しいと感じるたぐいの音だ。声に満ちた上空からは、白い排泄物もふんだんに落ちているだろう。

数年経ったある日、音源の一つになっている欅の下の歩道が、すっかりさま変わりしていることに気づいた。鳥たちを寄せ付ける大木の枝が切り落とされていたのだ。暮れ方の空の影が消えて、滝音も静まった。不思議なことに、椋鳥の消滅にともなって、人の姿も、話し声も減った。たまに通る車の音しか聞こえない状態を、はたして真の意味での平穏と呼びうるのかどうか、私にはわからない。自然は多くを教えてくれる。そして、その教えを生かし損なったとき、自身の愚かさに打ちのめされる。飛行中の鳥たちの美しい姿が不穏な戦闘機に重なり、排泄物が爆弾に見えてくるとしたら、これほど不幸なことはない。

夕刻、群れの消えた木々の下を歩くと、そこにはいない彼らの鳴き声が聞こえてくる。あの声を知らなかったら、幻聴もなかっただろう。幻は本物を知っている者だけに許された贅沢の証なのだ。それが忌まわしい記憶に育つ気配は、まだない。

ほんとに花火みたいなもの

低い爆発音が響いて、窓ガラスが鈍く震えた。大型トラックがすぐ近くを通ったりヘリコプターが上空を抜けて行ったりするときの振動とは異質の、もっと身体の芯に入り込んでくる音だ。外に目を移すと、ビルのうえの夜空に、大きな薊の花が咲いていた。といっても、ほんの一瞬でその鮮烈な赤紫は黄色に変わり、青緑の稲妻が走ってすぐさま消えた。去年の夏は、花火を見なかった。いや、花火があがっていたかどうかさえも記憶にない。喪に服した人々と、気持ちを上向きにしようとあえて濫費の美しさを選んだ人々だけでなく、どちら側にも属せぬままあいだをすり抜けてしまった人々も少なくなかったろう。

濫費の美しさ、と言ったのは私ではない。地方出身の男に東京の花火について語った、年上の「女」の台詞である。山川方夫の「昼の花火」に出てくるこの女性の言葉を、十代の私はまず地方で読み、上京してからも読んだ。「花火って無意味ね」と彼女は言い、「結局、濫費の美しさね」と追い打ちをかける。「花火って、なんだか、ほんとに花火みたいなものね。……そうは思わなくて?」

花火みたいなものとはなにか。夜空から火片一つ残さず消え去ったときの虚しさを教える鮮やかな光の環は、たしかに美しい。どんなにはかなくても、消え入る前の輝きは、見る者の眼に焼き付く。しかし、環が最初から存在しない空砲のような昼の花火にも、抽象的な美があるのだ。不可視の光を、音だけを頼りに頭のなかで再現するほうが、「ほんとに花火みたいなもの」をかえってよく捉えているかもしれない。

子どもの頃、夏の休みになると一家で海水浴に出かけ、帰りの夜の車窓から沿岸部に打ちあげられた音のない花火を見ることがあった。疲れ切った身体をドアの方に寄せ、冷たい夜気を撫でていくガラスに額をくっつけたまま、あり合わせの電飾で細工をしているのではないかと思えるくらい小さな花輪が、湧いては散り、散っては湧くさまを、音を消したテレビを見ているときよりもわびしい気持ちで眺めていた。光だけがあって音を乗せない花火の、あのなんとも言えない寂寥感はどこからくるのか。濫費から音を差し引いた現象としての、無音の花火のさみしさの源は、どこにあるのか。

音も光もある晩夏の花火は、変幻自在に色と形を変えながら、その一角をビルに削り取られて、ついに完璧な姿をこちらに見せることはなかった。いまの私にとって、欠けていることを前提に受け止める光の輪こそ、「ほんとに花火みたいなもの」なのだろう。小説のなかの女性が言うように、それが無意味だとは思いたくない。

案内図の指

たっぷり時間の余裕を残して駅に到着し、改札の正面に明るく開けている出口を出口として正しく認識したあと、約束の場所を確認するため、壁に張られた案内図の前に立った。縁側の将棋打ちにでもなったつもりで指先を宙に浮かせ、数手先まで順路を軽くなぞるようにしながら、幾度も脳内で辿ってみる。表通りに沿って右に歩き、三本目の通りをまた右折して左方向へゆるやかに曲がっていく道を進む。

右手に歯科医院が見えたら、その脇の細い路を入っていけばいい。事前の説明にまちがいはなさそうだと納得したものの、念のため、地図の右隅の、お店紹介をかねた写真入りの広告欄に眼をやってあいうえお順に調べていくと、目当ての桝目に、小さな細い指があった。

いつのまにか、品のいい小柄なご年配の女性が横に立って、熱心に案内図を見ていた。首筋から背中にかけての曲線が、すっと下まで美しく伸びている。清楚という言葉を久しぶりに思い出した。あなたも、歯医者さんに行かれるの、と彼女が尋ねた。いえ、その近くのお店で待ち合わせをしてまして。そこは、初めて？　ええ、だから、こうして地図を。あたしはね、三度目、と彼女は笑みを浮かべながら静かに言った。通ってるのよ、その歯医者さんに、でも、方向音痴ではないの、地図を読むのだって若い頃から得意でした。そこで、少し間があいた。ただね、途中で、かならず、わからなくなるんです。

しばらく考えて、私は言った。その歯医者さんまで、ご一緒しましょうか、ちゃんと着けるかどうか、自信はありませんけれど。いいえ、そうじゃないの。彼女はまた透き徹った笑みで応えた。眼が、どこか、遠くを見ているようだった。わからなくなるっていうのは、歯医者さんに着いても、自分がなにをするつもりだったのか、なんのためにそこにいるのか、思い出せなくなるということ。まったく思い出せないんですか。しばらくのあいだはね、ぼうっと立ちすくんだりしてるようなの。だったら、なおさらです。

手を取りはしなかったけれど、いちおう護っている気で、初めての町で初めての女性と、歯科医院を目指して歩き始めた。七十六歳、一人暮らし。地方に住んでいる娘には、記憶が少し飛ぶようになっていることをまだ打ち明けていない。問わず語りを耳に入れ、私はやや緊張しながら歩く速度を落とす。曇り空で、陽射しは強くなかったが、湿り気がひどかった。白いハンカチを取り出して、額に滲んだ汗を彼女は静かに拭った。目的地に到達し、入口の前でそっと背中を押すと、彼女は私の両手を取って、ありがとう、ありがとう、と繰り返した。美しい前歯に、針金のようなものが付いている。別れてから表の看板を見ると、歯列矯正の文字が大きく刻まれていた。

軟かいメリンスの内側から

電気街のビルの裏手の路地に隠れた小さな珈琲店の二階で、精神科医であり作家でもある人と、眼科医でもあった作家について二時間近くあれこれ語り合った。膝をつき合わせる程の距離で、ときには沈黙も交えつつたがいの言葉をゆっくりと重ねながら、ほかならぬその言葉に喚起された作品を通じて私の心は明後日の方向に逸れ、丹念に描かれた紙上の風景のなかへと入り込んでいく。なにかを思い出し、語ろうとすると、なぜか本筋と関係があるかないかの微妙な「つなぎ」の細部ばかりが鮮明によみがえり、そこだけ大きな絵になって眼前に迫り出してくるのだ。

昭和五十年に書かれた藤枝静男の短篇「しもやけ・あかぎれ・ひび・飛行機」のなかに、第一次世界大戦後すぐの頃、少年の語り手が母親と彼女の友だちに連れられて、河原に墜落した飛行機を見物に行く場面がある。残骸になっているのか形がまだ残っているのか、読者も少年も知りたいはずなのだが、作家の筆はそこへすぐには向かわない。前日の夕食を済ませたあと、母親が「お櫃を引き寄せ、両面をやや扁平に圧し潰したような恰好の握り飯を十二、三個こしらえて盆のうえにならべ」るという、準備段階をしっかり書き込む。

野次馬的な見物を許してもらうために、母親たちは子どもをうまく利用したのだろう。しかし少年にとっては思いがけない遠出の機会であり、胸躍る体験でもあった。だから母親のおなじように少し浮き立った様子を見逃さない。彼女は並べた握り飯を「四つずつ鉄網にのせて炙り、表面がやや黄色めな、塗っては炙るという操作を丹念に三、四回くりかえしたのち、最後に飯粒が焦げはじめて表面が赤黒い煎餅色の厚い皮になるとできあがりで、網から盆に移されるのであった」。

語り手は、何十年もむかしの一夜の情景を思い出しながら書いている。四つずつ網にのせるという細部が必要なのは、それが記憶の身体感覚のなかで不可欠と判断されたものだからであって、ほかに理由はないだろう。焼きおにぎりの皮は腐敗を防ぐ。母親はできあがったものを竹皮にくるみ、新聞紙で包み、さらに風呂敷で結ぶ。少年が「掌でさわると、薄くて軟かいメリンスの内側からは曖昧がもれた」。

墜落した飛行機の話は、こうして焼きおにぎりの物語として私の記憶から一つの匂いとして立ちあらわれ、対話のテーブルのうえの、おいしいサンドイッチとサイフォンで淹れた珈琲の美味をそこなうことなく、焦げた醤油のありもしない香りを生々しく鼻腔に運んでくるのだった。

林檎を齧った夜

横断歩道の向こうで、アラブ風の薄いスカーフに一部隠れた齧歯類のような顔の小柄な女性が、なにかをいっしんに囓っていた。がぶりとひと口、もぐもぐと数回嚙み砕いて飲み込み、さらにもうひと口囓って栗鼠の顎を動かす。漏れ出る息が、そのたびに白く舞う。すれちがうとき、ちらりと目をやった。手のなかにあったのはやはり林檎で、王林に似た色だった。この寒空のなか、かなり冷たくなっているだろうに、それをものともせず、堂々と食べ歩きするなんて。

留学先の大学へ、科目登録のために出かけた秋の午後だった。おなじ方向に歩いていく若者の姿があるので道に迷うことはなかったのだが、用を済ませて向こうからやってくる学生たちのなかに数名、先ほどの女性とおなじ林檎を齧っている者がいて、「へえ」と私は思い、校舎入口のコンクリートの階段で女の子が二人、やはり林檎を頬張りながら歓談しているのを見て「はあ」と思い、事務所のある棟の端にある売店の前でもうもうと煙草を吹かしている連中の半分ほどがまた林檎を齧っているのを見て、「ほう」と感じ入った。そしてその売店のカウンターのレジ脇の籐かごに、いびつな球体が山のように積まれているのを発見したのである。

林檎とバナナとパン・オ・ショコラ。あとは飲み物しかない売店のさびれた雰囲気は、映画で見た東欧の駅舎の一角を思い出させた。みなにならって、私もその小さな黒点のある黄緑色の林檎を買ってみることにした。当時のレートで四十円ほどではなかったろうか。洗いも拭きもせず齧り付くと、果肉はさくりと砕けるようにやわらかく、しかも十分に瑞々しい。薄い皮の食感がよいアクセントになっている。それからは幾度も、おやつがわりに、一個ずつ林檎を買った。

先日、肌寒い午後、職場を訪ねてきた方から紙袋いっぱいの紅い林檎を頂戴した。四時間以上休みなくつづく仕事をなんとか終えたあと、余計な言葉を発して火照った身体を真っ暗な建物の廊下で冷やしながら、一つ丸齧りしてみた。若い日々が還ってくるかもしれないという淡い期待は、弾力のある皮とたちまち水を欲し始めた喉の衰えに裏切られた。半分食べたところで私はミネラル・ウォーターを買いに走り、少し立ち飲みしたあと、外のベンチで残りを寂しく食べた。

再訪までにまた一年

年明けの数日、人の気配や車の行き来の途絶えた急造のゴーストタウンを歩いた。一年に一度しかない鮮度を保った冷たい空気が、鼻孔から喉から、まっすぐ肺に流れ込んでくる。大きく息を吸って、ゆっくりと吐き出す。見えない空気のなかにやはり見えない脅威が混じり、風に流れて複雑な不安の配置図を描いたのはついこのあいだのことだが、昨年末、人々はなにごともなかったかのように、目に見える脅威を受け入れた。忘却の河の流れがいかに速いかは、その河に身を沈めた者でさえわからないのだろうか。目の前にある幸せにすがりついてしまったという昭和の歌が、細く高い声に乗って耳もとによみがえる。あれは恋だけの話だったのだろうか。

松の内が終わった朝、大通りには一挙に物音が戻ってきた。車やバイクのエンジン音、タイヤの擦過音、救急車のサイレンと拡声器の指示声。音は見えないけれど、聞くことができる。響きの種類と音源を特定できるような音とちがって、亡霊を現実に引きずり入れるのは、むしろにおいの方だ。帰省先や旅先でためた衣服をまとめ洗いしているのだろうか、街路に漏れてくるさまざまなにおいのうち、いつになく強い印象を受けたのは、洗剤のそれだった。こちらが過敏に過ぎるのかもしれないのだが、ある時期を境に、一般的な洗剤や柔軟剤の臭いがひどくなった気がしてならない。細かい粒子が肺の奥深くにひろがり、胃の腑に突き刺さって、内側で破裂する。正月の街はいわば無添加無香料で、余計なごまかしや粉飾のない素の状態だった。すべてがもとに戻った段階で、私はあらためて束の間の清水のおいしさと貴重さを認識し直したのである。

とはいえ、特定の臭いに弱く、疲れのたまった身体に、見えない敵の力は手に負えなかった。しだいにひろがる頭痛と目の痛み。足が前に出ないので旅客用小型自動車に助けを求めると、ここも強烈な臭いの巣窟だった。もちろん悪気があってのことではないだろう。乗客のためを思っての心遣いで、イオン発生器なる秘密兵器も搭載されている。しかし、ゴーストタウンで研ぎ澄まされた無防備な嗅覚は、芳香剤、ポマード、新車特有のビニール臭の合わせ技に為す術がなかった。たまらず途中下車し、ちょうど姿の見えた大型乗合自動車に乗り込むと、そこにも洗剤とお香の臭いが溢れていた。次の停留所で降り、長い距離を歩いて帰宅すると、今度は郵便受けに詰め込まれた印刷物から粗悪なインクの臭いが立ちのぼって、頭頂部に痺れをもたらした。この街は過剰さによって支えられているのだ。溢れ出るものは、人の幸福だけで十分なのに。

無香料の街を再訪できるまでの一年が、こうしてまた始まった。

おぼろ月夜

咲いている花を、ちゃんと見せてあげてくださいね。

迎えに行った門扉の前で、若い担任の先生が遠慮がちな笑みを浮かべて私に言った。もう、ずっとむかしの話だ。娘に菜の花の色を尋ねたら、緑色、と答えたというのである。それも、じつに嬉しそうに。ああ、それは、と私は説明した。絵本などでは知っているはずですが、わが家でナノハナと言えば、花を愛でるものではなく、もっぱら食べるものなのです。食べるんですか？　はい、みな、好物なもので。そうなんですか、へえ、そうなんですね、と先生は女学生の口調で感心し、でも、とつづけて先の言葉を口にしたのである。咲いている花を、ちゃんと見せてあげてくださいね、食べるのではなく。

小さな川の近くに住んでいた頃、土手沿いの歩道脇で、よく菜の花を見かけた。おなじくらいの背丈の茎に黄色い小さな花が咲きそろって、美しい布をひろげたようだった。あの黄色いのが、菜の花だよ。てのひらでつながっている娘に、何度かそう教えた記憶もある。けれど、視覚は味覚に劣るのだ。菜の花はあくまで旬の野菜であって、茹でて和えものにしてもパスタの具にしても、彼女はあの独特の苦みをものともせず、どんどん食べた。わさびを使っても大丈夫だった。母親が工夫をこらして食卓に並べてくれる菜の花は鮮やかな緑色で、花は付いていなかったのである。花という言葉はあるのに花びらのない、ある意味でそれは謎めいた食材だったかもしれない。

近隣の住宅地のあいだに残る畑には、入り日は薄れても黄色い花は見あたらなくなった。見わたす山の端ならぬ高層住宅の端には、霞ではなく淀んだ大気が深い。あの花弁の絨毯を楽しむには、曇り空ではない日に、都心のお濠端あたりまで出かけるしかないだろう。それができないから、またいつものように、ぽってりと束ねられた、ちゃんと虫の付くような緑色の菜の花をたくさん買ってきた。

何種類かのおまかせの味を楽しんだあとに訪れた、春の段差をいくつも飛び越えたような温和な一日、遠出から帰ると、台所にあった菜の花の束に、黄色い花が咲いていた。畑で見るよりも薄い色だが、春風そよ吹く淡い西日のなかで小さな緑の蕾と花弁がまだら模様を作っていた。こんなふうになる前に、私たちは卑しくも食べ尽くしていたのである。一本でも残していたら自然に花が咲いて、子どもは菜の花と黄色の組み合わせを、舌ではなく目に焼き付けていたことだろう。

咲いている花を、ちゃんと見せてあげてくださいね。はい先生、花は、目の前にあるんです。おぼろ月夜の夜、私は心のなかで呟く。咲いていない部分を、食べるか食べないか、それが当面の問題なのです。

あの細い時計塔が

思わぬ事情で、主要駅の近くの高層ホテルに連泊することになった。仕事をするわけでもなく、ただ数日のあいだそこで時を過ごすという曖昧な使命を遂行するだけだったのだが、一日の大半は窓から裏通りをぼんやりと眺めていた。商店や飲食店がひしめき、人の往来も絶えない表通りとはちがって、建物の裏側は読んで字のごとくうらびれている。私の部屋はまさしくその、都心部とは思えないほどゆるい空気の流れる細い通りを見下ろすのに、ちょうどよい高さと位置にあった。カメラの望遠レンズがないだけで、気分は少しだけ『裏窓』の主人公である。危うい視力でも、行き交う人々の、あるいは立ち止まる人々の姿は捉えられる。私の注意を引いたのは、後者の方だ。横断歩道の信号待ち以外、ほとんど立ち止まるという現象のない表通りとは対照的に、一時間に一組か二組、やあ、どうも、といった感じで立ち話をする人がいる。犬を連れていたり買い物のカートを引いていたりするから、おそらく地元の住人だろう。声は聞こえないし、表情もはっきりわからない。立って話をすることじたいに彼らは特別な意味も付さず、変わりない日々の、変わりない習慣にすぎないという空気を漂わせている。しかし、見ているこちらには、そんなふうに通りで何分かのあいだ、知り合いと互いの顔を近づけるだけのことが、なにかむやみと得がたい出来事に思えてくる。

土地にもよるだろうけれど、街中で立ち話を見かける機会は、以前よりはるかに減っているのではないか。私の家の近所でも、ありふれた通りで話をしている人をまったくといっていいくらい見かけなくなった。窓の下のジオラマには恋愛沙汰も殺人事件も組み込まれていない。人と人が立ったまま距離を詰めて言葉を交わしている光景は、映画の世界よりずっとドラマチックなものに思われた。

そんなことをぼんやり考えながら密閉された部屋で一日を過ごし、下界に降りると、表通りは相変わらずの人波である。前からも後ろからも、ひっきりなしに顔面が迫りくる。知らない国に迷い込んだようで、急に心細くなった。すると不意に、目の前にあらわれた小柄な女性の二人連れから、アジアの国の言葉で声を掛けられた。彼女たちがなにを望んでいるかはすぐに理解できた。これで、記念写真を。あの細い時計塔が入るように、と一方が右腕を伸ばし、一方がうなずく。有機栽培の大豆みたいな笑顔をシンクロさせて、二人はピースサインを私に、ではなく、カメラに向けた。立ち話ではないとしても、地に足をつけて人と向き合うのは悪くない。もう春だ。ビルの壁に取り付けられた電光掲示板は、気温一七度を示していた。

スポンジ状の骨

花冷えに怯える、とつぶやいて、その思わぬ音の重なりに驚きながら、水道工事のためにまっすぐ掘られたアスファルトの溝に沿って歩く。人の手ではなく機械でやるのだからみごとな直線になるのは当然かもしれないけれど、腕のよい外科医の開腹手術のようなその傷跡は、ところどころ黄色いフェンスで護られて全貌を見せてくれない。視線を落とし、冷えるどころか大粒の雨にまで降られた不完全な舗装道路の、左手前にそのなかば架空になった線分を追っていた私は、黄色いヘルメットの監視おじさんの存在に直前まで気づかずにいた。前方から声が飛んできて顔をあげると、防水の作業服を着た人が、申し訳ありません、こちらにおまわりくださ い、ご迷惑をおかけします、と両腕を大きくひろげて行く手を塞いでいる。左手の先で、誘導棒が真っ赤に燃えていた。言葉の内容とは裏腹に、声の調子はきつかった。ドッド、ドッドド、ドドドド、ドドド。おじさんの同僚はこちらのやりとりなど気にせず、無我の境地でドリルを操っている。ドッド、ドッドド、ドドドド、ドドド。

午後一時三十七分。振動で近くの児童公園の桜が揺れる。爆音に合わせてひとひらふたひら薄桃の湿った花弁が風に舞わずに散っていく。その落花の律動と風の又三郎が出てきそうなドリルの音で心も顔も下向きになるのを修正し、水のない溝の見えない藻草を食むように、ゆっくり歩を進める。やがて空気の抵抗が水のそれに変わり、重さが軽さに転じた。歩いているのか泳いでいるのかもうわからない。眼鏡のレンズに小さな水滴が垂れ、霧のように粒子の細かい雨に全身を包まれると、骨の組成まで変化する。一歩一歩がさらに軽やかになり、四肢の可動域がひろがる。

スポンジ状の骨。その日の朝、久しぶりに出会った表現がふと頭をよぎった。三千万年から一千万年前まで日本の沿岸に棲息していた束柱類の一種デスモスチルスの骨を分析したところ、鯨やアザラシの骨とおなじように密度が低く、軽量化されていることが判明したという。郷里に近い化石博物館で何度も骨格模型を観たこの謎の哺乳類は、陸生か海生かが長年のあいだ議論されていた。

鳥のように空洞にはならず、脊椎動物の進化を逆行して硬軟のあいだに位置する骨で身を支えた古生物にならい、私もまたドリルの音をものともしない吸音材を骨のうちに秘めて歩きつづける。アスファルトの岸辺は急にその色合いを変え、表面のざらつきを増して未知の風景への扉を開く。背後からまた、こちらにおまわりくださいという声が聞こえてくる。しかしもう、どんな追っ手がやってこようと、四肢の半分を見えない水に浸した私が先を越されることなどありはしない。

銀色の天使

山間の村にある施設で夏期合宿と称する奇妙な催しを終えたあと、ふと思い付いて、春休みに帰省して会ったとき住所を教えてもらった友人のもとを予告なしに訪ねた。はがきを出す余裕もなかったし、彼のアパートには電話が引かれていなかったので、急ぎの連絡法がなかったのだ。大学のあるその地方都市の最寄り駅まではで一時間ほどだったが、駅からアパートまではずいぶん歩かされた。地図で場所を確かめてからだいたいの目星をつけて国道沿いに歩き、途中で不安になって小さな酒屋で尋ねると、主人は、そりゃ銀のエンゼルの建物だ、この先にあるよ、あと三、四分、と当たり前のように言う。実際、さらに数分歩くと二階建ての古いアパートがぽつんと建っていて、外階段がない方の壁一面に、銀色の嘴のあるお菓子のキャラクターに似たお地蔵様が二人、真面目な顔をして座っていた。

友人は留守だった。私は銀色の天使の御加護に期待して置き手紙を残し、いったん駅前に戻ると、行きに調べておいた市立図書館に向かった。閉館まではそこにいる、もし間に合って、気が向いたらのぞいてほしいと記しておいたのだ。開架図書から適当に文学全集の端本を抜き出し、陽当たりのいい閲覧室で勉強中の、真面目そうな高校生の隣に腰を下ろした。しかし、そのとたん睡魔に襲われ、文字に載せられているはずの意味が、もしくは本来あるはずのない意味が崩れた。もうなにも考えられなかった。

わたしはなんにもしらない。
ただぼんやりとすわつてゐる。

（大手拓次「のびてゆく不具」）

ひらがなの詩行が虚しく眼の前を通り過ぎ、濁った視野の隅に行列の和の計算式が入ってくる。丸括弧で囲まれた上下二段のアルファベットと数字が躍り出し、眠気に加えて眩暈を引き起こす。肩を叩かれて目を覚ますと、友人が立っていた。授業中に居眠りしてた頃の恰好とおなじだぞ、すぐにわかったと笑う。夜に運転代行のバイトが入っていて酒が飲めないと言うので、いっしょに喫茶店でパスタを食べ、珈琲を飲んで帰りの電車までの時間を過ごした。銀のエンゼルについて尋ねてみると、あれは鳥じゃなくて、このあたりに残ってる道祖神だと説明してくれた。アパートができる前、あの土地には松林があって、根もとに注意しないと気づかないくらいの大きさの石碑が二つ建っていた。更地にしてからそれが道祖神だったと判明して大家はおそれおののき、供養のために自ら絵を描いたのである。

三十年前の、夏の話だ。先日、いまもその町に住む友人から久しぶりに連絡があって、銀のエンゼルのアパートは取り壊され、再び更地になったことを知らされた。神様を天使に格下げした罪は、ついに許されなかったのである。

恋路の果て

白いペンキの塗られたコンクリートブロック塀の前で、わずかに腰をかがめて半円形に並んだおばさま方の背中が見える。縁日の的屋の演目を真剣にのぞいているような気配で、股のあいだから青いポリバケツと自転車の車輪の一部が見える。座の中心にいたのは、薄い綿のステテコ姿のじいさんである。深くしゃがみ込んで、外した車輪から腸詰めそっくりなゴムチューブを引っ張り出そうとしていた。懐かしい光景だ。私は嬉しくなって歩みを止め、ソフトボール大会の試合中の円陣を思わせる一番立派なお尻をしたおばさんの背後から、こんにちは、と声を掛けた。

パンクの修理ですか？　そうなの、とおばさんは顔をこちらに向けて言う。自転車屋さんまで引っ張っていくのは面倒だし、結構お金も掛かるって言うから、お願いしたのよ、この人に。俺は自転車屋じゃないけどさ。「この人」と呼ばれたじいさんは、立派なうなぎをつかむように頭も尻尾もない真っ黒なウロボロスをバケツの水に沈め、ぬるぬると掌で滑らせながら、一定の間隔を置いてぎゅっと握り締めた。少しずらして、また握り、またずらして握る。何度か繰り返していると、細かい泡の出る箇所があった。じいさんはその穴のうえに爪痕をぐりぐりと付け、いったん取り出して、ちり紙よりも汚い紙ヤスリで周囲を削った。

塀のある家の斜め前にかなり広い区民菜園がある。二人はそこで知り合った仲なのだそうだ。修理道具はその菜園の小屋と車のトランクにあったもので間に合わせている。マイナスドライバー、ペンチ、セメダイン、黒いビニールテープ。作業をつづけながら、パンクなんて、むかしはみんな自分で直したもんだ、若い人はでも、知らないでしょう、とじいさんは言う。その言葉がこちらに向けられたように思ったので、私は弱々しく応えた。若くはないのですけれど、やったことはありますよ、使わなくなった古いチューブを小さく切って、コールタールみたいなのを塗ってから穴に貼ってましたよね。

おばさんたちの表情が一変した。いかにも頼りなさそうに見えた男が、じつは蘭学を修めた立派な本草学者で、患者も診る人だとわかったときのように。お尻のおばさんの変化がいちばん顕著だった。彼女の心の動きを敏感に察知したにわか自転車店主は、それがありゃ俺も使っているよ、これはあくまで応急処置だよと声を張りあげ、上目遣いにお尻のおばさんをちらりと見た。私はなんだか二人の恋路の邪魔をしているのではないかと後ろめたくなり、逃げ去るようにその場を辞した。世の中にはさ、直そうったって直せないものが、たっくさんあるんだ。背後から、まだ希望を棄てていない人の、若々しい声が響いた。

煙草を扱ってるから

甘さとなまぐささの混じり合った生きもののにおいが、ふんわりと漂ってくるような気がした。この通りにこの角。しばらく歩くとゆで卵にも似たにおいがもっと濃くなって、鳥の鳴き声が聞こえてくるはずだ、と私のなかのもう一人の私がつぶやく。記憶の粘膜にもその組み合わせは残っていた。

どのくらい前のことになるだろうか。あらかじめ電話で用件を伝え、場所も確認しておいたはずなのに、あの晩、例によって私は道に迷っていた。観念して携帯電話で窮状を訴えると、先ほど応対してくれたおばさんが出てきて現在地を言わせ、そこからだったら看板が見えるはずよ、と呆れたような声を出した。だって、一本道だもの。近視と乱視の危うい均衡のなかで私はじっと眼を凝らす。それらしき看板は、どこにもなかった。変ですね、煙草屋の看板しかありませんが。力なく伝えると、相手の声が急に明るくなった。それよ、それでいいの。小鳥屋さんじゃないんですか？　煙草も扱ってるから、とさも当たり前のように言う。嘘ではなかった。おばさんは通りに面した煙草売り場に腰を下ろして待っていてくれた。照明を落とした背後の空間に細い竹でできた籠がずらりと並んでいて、小鳥の鳴き声がわずかに聞こえていた。チャボの餌でよかったのよね？　はい。じゃあ、これ。茶色い袋に入れて用意しておいてくれた餌を、おばさんは煙草を渡すのとおそらくは変わらぬ仕草で、ガラスの引き戸の隙間から手渡してくれた。

看板は、あのときのまま、いまもあった。おなじおばさんが、おなじカウンターに、ほぼおなじ顔で座っている。ただ、白髪が増えてところどころ毛羽立っていた。

鳥の気配はなかった。頭を垂れ、店の前を素通りして角を曲がろうとしたそのとき、壁に打ち付けられている細長い看板に視線が引き寄せられた。《社団法人日本伝書鳩協会制定脚環取扱所》。これだ、と私は小さく心のなかで叫んだ。先年、夜中にふと脚環という文字が頭に浮かび、字面が気に入って深い考えもなくちょうど書いていた作品に組み込んでしまったのだが、いつどこでこの文字を見たのかが最後まで思い出せなかった。この店だったにちがいない。

きびすを返し、半身をよじるようにして、私は煙草売り場のおばさんに小さく声を掛けた。すみません、表の看板にある、伝書鳩の脚環ってまだ扱っていますか？大きな眼でこちらを見ながら、彼女は首を二度横に振り、こちらの反応を確かめたうえで頷くように二度、今度は縦に振った。鳥の方がもう、いないからね。言いながら繰り返された首の動きは、まぎれもない鳩そのものになっていた。

私はドアを開けたい

国王はドアに手を触れることがない、だからドアを開閉するときの楽しみを知らない、とフランシス・ポンジュは書いていた。なるほど、身の周りに仕えている者たちがつねに先んじて扉を押し開き、主が通り過ぎればまた音もなくもとに戻してくれるのだから、国王にとってドアはあってもなくてもよい可動式の壁みたいなものだ。

王宮のドアは大きく重い。取っ手をまわし、体重を預けて扉をぐいと前に押し出しながら部屋と部屋を区切る境界線を越え、後ろ手に、あるいは振り返って、かちゃりとそれが閉まるのを見届ける。これら一連の仕草は、仕えの者たちだけに与えられた喜びなのである。ドアの開閉が、世界を分節する。向こうとこちらが、たった一枚の鉄扉で、もしくは重厚な木の板で仕切られる。国王が歩いたあとに壁ができる。しかし壁にうがたれた長方形の穴を調整するのは、彼自身ではなく、仕えの者たちなのだ。

ドアの開け閉めは、きわめて日常的な行動である。国王でもないかぎり、自分の手で開閉しなければならない。ところが、玄関の扉を閉めていったん外に出ると、「自分の手で」というごく当たり前の但し書きが突然贅沢になってしまう。ドアに出くわしても、それを開け閉めする喜びがなかなか得られないからだ。おまけにそのドアと呼ばれるものも、ノブなどないガラスの自動引き戸だったりする。国王レベルの存在が通過する場合の大ぶりなドアはたいてい両開きだし、日本の殿様の行く手もまた、お付きの者が左右に開く襖のあいだに伸びていくから、待ち合わせに使った大きなホテルのロビーの、左右に開く厚いガラスの自動ドアと自動ドアのあいだの無人地帯で、身分が変わったような錯覚に陥ることがなくもない。

しかし私が望んでいるのは、通路を自分の手で開きたいというきわめて単純なことである。ドアを開けたいがためにドアのある店に立ち寄るような真似はしたくない。無理にこしらえたのではない自然なぶらつきのなかでドアの前に立ちたいのだ。それなのに、家を出て帰ってくるまで、手を使って開閉したのは自宅の玄関のドアだけだったという日が重なると、不満もつのる。引き戸も好きだけれど、できれば片開きのドアの開閉によって――あの「どこでもドア」が引き戸だったら、レールの分を含めてサイズが倍になるだけでなく、どこか間の抜けた印象を与えるだろう――、見慣れているのに新しい光景を味わいたいと思う。ただし、取っ手にシャツや鞄を引っかけたりする事故はけっして起きないという絶対の条件のもとで。

出エジプトの半ばで

夕方の蒸したような空気のなかをふわふわ漂い、あまり通ることのない路を歩いてみようと二区画ほど先の角を曲がったら、左右に防塵網の壁ができていた。両側に五、六軒ずつ家が並んでいるだけの短い通りなのだが、一軒を除いたすべてに幕が掛かっている。記憶が正しければ、ここには庭木の多いむかしふうの日本家屋が数軒と、井戸採掘もするという水道関係の小さな専門店があった。それがみな姿を消して、垂直のモニュメントにすり替わっている。なんのことはない、建築現場では見慣れた光景なのだが、仕事がもう終わって大工さんの姿も消えていたせいか、物音ひとつなかった。木々や岩や建造物を梱包してしまう芸術家の作品ではないけれど、そこには色と素材のちがいを超えた奇妙な統一感があった。

張り出されている建築計画の掲示を見ると、施工会社が異なっている。左に三つ、右に三つ。沈黙のなか、切りたての木材から発せられる脂のようなきつい臭いが鼻を突く。灰白色と青色の防塵網の向こう側には、たぶんコンクリートの土台から枝葉のない柱の樹林が生え出ているだろう。これだけまとまった数の家が一挙に更地にされ、新しい家に生まれ変わる途中で工期の進み具合が一致し、揃って防塵網で蔽われる偶然はどのくらいあるのか。私は通りの入り端に立ち止まって、そうした偶然をも取り込んでしまう現代美術のインスタレーションから徐々に陽光が奪われていくさまをしばらく眺めていた。

以前、夜中に、住宅展示場の裏手を通ったことがある。駐車場をかねた広場を中央に配して、汚れのない家々がコの字型に建ち並ぶ空間があることは、大通りから見て知っていた。虚構の町の街灯が淡い光を放っているゴーストタウンの静まりは、人の住んでいる家と区別のつかない裏手にも伝わっていた。しかもその静まりは、慾を弄ぶ前の、夢が破片になることを許さない強引な明るさにも似ていた。

一車線道路の両側に聳える防塵網の壁と壁のあいだに置かれていたのは、その半歩先を行く希望と、半歩退いて控える未来だった。こういう姿の家があらわれるはずだと展示場やカタログで確認済みの未来が息を潜めているのかもしれないのだが、覆いを取り外されたあとに出現するはずの意匠を凝らしたファサードは、その配色と質感において、素っ気ない網を凌駕しうるだろうか。このまま出エジプトを目指し、未来は未来として、開かれた海底の道なかばで封印しておいたほうがよいのではないか。網の一角から野良猫が一匹飛び出して、通りを横切る。街灯に照らし出された虎斑模様は、その場のなによりも美しく見えた。

これでもシヤボテンだとうそぶく「李」キリン

カーテン越しに陽が当たるよう窓辺に置いて、ときたま水をやっていた小さなサボテンを寄せ植えした鉢の真ん中から、細長くていびつな新芽が二本伸びていた。頼まれたとおりにしていただけなので、それがなんという名なのかさえわからない。

ただぼんやり眺めていると、姿かたちは、白ワインビネガーがたっぷり浸み込んでいる、歯ごたえの曖昧なトルコ産のピクルスのように見えてくる。厚手の肉に守られた彼らの身体の内側には、乾いた土地で生き抜くための水が十分に溜め込まれているはずだから、結果として酢漬けみたいな感触になるのかもしれない。ともあれ、近いうちに図書館で図鑑を開いてこの新顔の種類と名を確定しようと思っていた矢先、散歩の途中でのぞいた古本屋で、存在だけ知っていて現物を見たことのなかった龍膽寺雄の、『シャボテンと多肉植物の栽培智識』（昭和十年、成美堂）に出会った。

函はなく、布張りの背もかなりほつれており、文字もほとんど消えている。抜き出して手に取らなかったら、それが『アパアトの女たちと僕と』の著者であり、サボテンの研究家として知られる人の本だと認識できなかったろう。表紙には彼が主催していた日本砂漠植物研究會資料の銘が入っていて、「筆者の蒐集資料の一部」と記された、この時代にしては珍しく鮮明な口絵の原色版を見ると、「世界の砂漠植物を一堂に集めて眺める、また快ならずやである」というどこかほのぼのとしたキャプションが付いている。実用書の顔をしていながらサボテンの向こうに荒涼とした砂漠の孤独と寂しい風の音を聴く哲学を隠していて、そこが大きな魅力なのだが、モノクロの掲載図版のユーモラスな説明書きがその静けさを打ち破る。

——乙な毛皮の外套を着た白星
——頭に毛をかぶり薄い稜で冷却装置をしすました縮玉
——どこへ行つても老人扱ひされる翁丸
——これでもシヤボテンだとうそぶく李《〔ママ〕》キリン
——砂漠のヤマアラシをもつて任じる長刺白琅玉

門外漢には何のことやら意味不明だが、これはもうサボテンが可愛くて可愛くてしかたのない蒐集家のお宝自慢であり、純然たる創作ではないか。本書ではすべて「李」と記されているが、これは「杢」の誤りだろう。ただし、私は「李」の方が好きだ。古本屋の棚の前でこれらの詩行を読みながら、私はかなりにやついていたらしい。我に返って店番の主人に本を差し出すと、そんなに面白いものですかね、と不思議そうな顔をした。ただし、わが家の鉢に伸びたピクルスの正体はいまだ不明のままである。

馬の刀で切られた記憶

仕事部屋の隅に口をすぼめるようにひねって閉じた茶封筒があるのを視野に入れていながら、なかなか拾いあげようとしなかった。万年筆のインクを吸入器で補充したあとのペン先を拭ったり、こぼした珈琲を拭いたりしたティッシュペーパーを、私はA4サイズの使用済み封筒に投げ入れている。封筒は机の横のスチール製書類入れの側面に磁石で止めてあって、一定量溜まると口をくるくる捻ってゴミ収集日まで床に置いておく。しかし捨てるタイミングを一度逃すとたちまち回転が悪くなって、今日が駄目なら明後日、それがだめなら来週明けにとぐずぐずしているうち、肥大化した大蒜の房かタジン鍋のような封筒が、いつのまにか二つ三つ並んでしまう。

そのとき視野に入っていた封筒には、底辺に茶色っぽい染みができていた。捨て忘れたものだろうと手に取ってみたら、かさこそ乾いた音がする。紙ではなく、もっと固いなにかがぶつかる音だ。すぐに思い出した。一カ月ほど前の、野分のピークが過ぎて雨風がやや鎮まった午後、仕事のためやむを得ず外に出て、たっぷりした中庭に椎の大木がある古い都営住宅の脇の道を歩いていたとき、コンクリートの蓋をかぶせた側溝に、帽子の取れたひょろ長い実、つまりドングリが山のように溜まっているのに気づいて、それを拾ったのである。

櫟や楢の木の多い土地に育ったせいか、ドングリといえば丸々としたものを想い浮かべるのだが、この椎の実は真ん中がややふくらんだ、じつに美しい紡錘形をしていた。私は咄嗟に鞄から事務書類の入ったA4封筒を取り出して中身を抜き、傘をさしたまましゃがみ込んで、なにもこんなときに選り好みしなくてもと自分で自分に呆れながらさもしいハンドピックを開始した。馬の刀で切られた砲弾を一つ一つつまみあげ、全体のバランスを調べたうえで水気を切り、封筒に投げ入れる。十個、二十個、三十個。重みが増すと同時に、封筒の下に茶色い染みがひろがっていった。

封筒から取り出した実はからからに乾いていた。激しい雨と風で混乱した馬の刀の刃で殻斗から切り離されるまでの、暗い記憶がそこには封じ込められている。大きめのジャムの壜に入れてやると、それらがぶつかり合って、ガラス全体をかたかたと震わせた。瞬間、強い磁気を浴びて私もいっしょに震え出した。いまここに、未知の小さな宇宙が生まれようとしているのだ、と思いながら。

世界の結び目

一面の夕陽だった。対岸のそれほど高くない集合住宅や雑居ビルがすべて逆光のなかで黒い横長の影として浮かびあがり、舞台の書き割りのように一枚の背景画になっている。土手のうえの、此岸と同類のトタン張りの小屋の向こうに、ほどほどの規模の商店街がある。それを知ってはいたのだが、裏側に人の住む空間があるとはとても思えなかった。十年ほど前まで、この季節になると仕事帰りに途中下車して、西側の土手から熟柿の色に染まる家々をぼんやり眺めていることがしばしばあった。護岸工事と架橋工事のために、一帯の景色は数年にわたって刻々と変化していた。早朝、東から西へ鉄橋を渡る列車の窓から見えていた遊園地の観覧車の姿がなくなり、不意に出現した仮設橋梁が不意に姿を消し、現代に迷い込んでいた巨大草食獣のような数基のクレーンが隕石の衝突を察知してか、ある日、群全体でどこかに移動した。なにかがなくなるたびに周辺の空気と光の質が変わり、朝の気分はいくらか暗いものになった。

ところが夕刻、川の対岸からその景色を眺めると、親しんだものたちの不在が、逆に景色を肯定的に変化させているようにも感じられた。特定の場所を観察しつづけるのは不可能である。どんなに見慣れた景色にも、時間的な空白が刻まれているからだ。朝夕だけ接して昼間を知らない場所もあれば、夜の顔でしか認識できない路がある。わずかな時間のずれが、眺めを一変させてしまう。数分ちがいの陽光が世界の質感を変えることに対してのこちらの驚きもまた、景色の属性だと言えなくもない。

駅を出て川の方へ歩くという、いつもの順路を辿ったのではなかった。まだ光が残っているうちにとタクシーを拾って、川を越える橋の手前で降ろしてもらったのだ。ほんとに、ここでいいんですか、と運転手が尋ねた。ええ。なにか催しでも？あるといえばあるんですが、一人だけの催しなので。そりゃあまた、どうぞ、お気を付けて。横断歩道を渡らず、下流に向かって土手を歩き出したときには、まだ雲間に白い光が引っ掛かっていたのだが、十五分と経たないうちにそれが朱色に染まり、橙色の幕を下ろして対岸に影絵を描き出した。影と影のあいだのつなぎの部分が、思いのほか脆そうだ。背後から、少年たちの声が聞こえた。コウモリだ、コウモリだ。見あげると、黒の背景にそれよりやや薄い黒の布きれの結び目がひらひら宙に舞っていた。世界の結び目をほどいてはならぬ、と誰かが言う。その声に、私はじっと耳を傾けていた。

背後でリヤカーの音が

雑居ビルと歩道橋がまばらな街灯の光を遮っている、わざわざそこに設けたような闇の帯のなかを下ばかり見て歩いていたら、突然、大きな生きものが迫ってくる気配を感じて、はっと顔をあげた。隣を流れる幹線道路の、いつもなら轟轟と響く音が年の瀬のせいか控えめで、それが幸いしたかもしれない。あと数秒遅かったらまちがいなく正面衝突していただろう。相手も頭を下げて、前を見ていなかったからである。都会の山道に出現したその影の正体は、タオルを頭に巻いて法被のようなものを着た、年齢不詳の男性だった。というか、私はそのように認識して、自身の才能をまだ開花させていない闘牛士の身ごなしで影を横にさっとかわしたのだが、すぐそのあとから、今度は腰の高さほどの黒い塊が湧き出て袖を軽くかすめた。こちらからすると歩道はゆるい下りで、相手からすると当然上り坂になる。男性は荷を積んだリヤカーを引きながら、前のめりに進んでいたのだった。同時に声ならぬ声をあげ、そのまま無事にすれちがった。

ところが、交差するほんの一瞬のうちに、私の眼はリヤカーの側面に貼られた手書きのチラシを捉えたのである。産地直送。柿という文字が浮きあがって見えた。人家に面しているわけでもないこんな産業道路沿いで、移動販売など成り立つのだろうか。ついいましがた危機に直面したときには抑えていた声が、振り返った私の口から漏れ出る。すると谺を返すように声がして、先ほどの男性が辻斬りの速さで目の前に回り込み、ぬっと腕を差し出した。芋だな？　芋、だよな？　なにやら小さな塊を刺した爪楊枝を親指と人差し指で万力のように摘んでいる。どう反応してよいのかわからず、私は茫然と立ちすくんでいた。売りものに興味があって呼び止めたわけではない。ただ、あ、とひとこと声を出しただけなのだ。さ、遠慮はいらない。言いながら男の眼は、闇のなかで少し先に放置したリヤカーを見すえていた。なにしろ坂道なのだ。ずるずる動き出してひっくり返りでもしたら大ごとである。小さな塊は白い粉を吹いていた。芋というからには、たぶん干し芋だろう。殺陣の前の、張りつめた気が伝わってくる。余計な質問はしないで、私は黙ってそれを受け取った。受け取ったはいいが、さてそのあとどうするか。男は動かない。私も動かない。背後でリヤカーの軋む音が、かすかに聞こえる。

圧し延ばされた街

不動のまま航行する巨艦船団の底部が頭上を塞いでいる。重力もないのに沈んでくるようなそれらの内部には、大小問わず二輪四輪の車が呑み込まれ、光年では測り切れない近さにある三次元の発着駅までの航路を結んでいる。船団の腹部に飛び込めばもっと動きのある複雑な構造と光景を堪能できるのだろうけれど、二層三層に重なる船団のいちばん下を徒歩で抜けて行くと、しだいに圧しつぶされそうな恐怖感が募ってくる。地下の冥界からあがってきた身には、頼りにしていた光の筋さえ歪んで見え、ミュートの掛かった轟音と振動と異臭が重く感じられる。とはいえ、複数の傾斜路が立体交差する鉄とコンクリートの森の本領は、まさしくこの架橋の最下層に溜まった風通しの悪い闇の湿り気にあって、こればかりは自分の足で歩いてみないと体感できない。

ある街を、私は再訪しようとしていた。薄闇の通りに出ると、スモークガラスに覆われた閉鎖空間に入って、支柱に掛けられている縦一二・九×横八・〇センチの小さな平面の街と向き合った。遠目には上から下にひっかき傷のある板のようにしか見えない。四半世紀前、異郷の画廊で出会ったとき、この街は壁にではなくガラスケースに収まり、同時期におなじ作者によって制作されたドライポイント数枚と、つながりがあるようでない連続性と断絶の気韻をまとっていた。額をというより眼鏡をガラスに付けて眺めれば眺めるほど、暗い街は輪郭を失っていった。建物のあちこちにひびが入り、崩れ落ちてはまた組み直され、ある瞬間凝固してまた動き出す。刻まれているのは建物なのか、切り立つ岩山なのか。再会した街は、垂直に存在していた。当時と変わらぬ不動の機敏さで、それはたしかに蠢き、静止していた。どこかに入口はないかと目を皿のようにして探していると、背中に途方もない圧力が掛かり始める。息が苦しくなり、視界が狭くなる。巨艦船団のプレスを借りて、私はぺたんと圧延されるように、架空の暗い街に足を踏み入れようとしていた。

いつまでも解けはしない

大雪の翌日、よんどころない事情があって外に出た。まだ踏み固められていない柔らかな雪の綿に対して、印でも押すようにうえからまっすぐ足裏を下ろす。舗道にはたくさんの雪が解け残り、ところどころ凍結して非常に滑りやすくなっていたのだが、私はできるだけ雪のうえを歩くこの仮想かんじき作戦で歩きつづけた。予想以上にきつかったのは、寒さである。にわか防寒対策としてはこれ以上ない厚着をしていたはずなのに、その日のその時間帯の寒さは、大袈裟に言えば衣服全体を締めあげる見えない万力のように感じられた。

うまく身体のバランスを取るために駆使していた両腕は、いつのまにか凍り付いた耳朶を覆い隠すのに動員され始め、私の戦術は徐々にみじめなものになっていく。両肘は耳の高さで横に飛び出して偵察衛星のアンテナになり、こんな日のこんな天気のこんな舗道を歩いている同士たちの位置情報を、塞がれた耳に送り込んでくる。歩くのはもはや不可能と判断して、私は小さなシグナルを頼りに、重い足を大通りに向けた。

ぼやけた視界のなかの、雪の連山の周囲に人だかりが見える。集まっているようないないような、絶妙の疎遠さを保った老若男女が、しかし共通の目的をもって身を寄せ合っていた。彼らの頭上に、バス停の形をしたケルンがのぞいている。直線距離で数十メートル。無風。高低差はごくわずかだ。よし、まずはあのベースキャンプまで行こう。ふたたび歩を進めたものの、足もとは相当におぼつかなかった。体重移動を誤ればたちまち転倒するだろう。ゆっくりと、慎重に。言い聞かせながらあと少しのところまで近づいたとき、小柄な男がこちらに顔をあげた。口もとに、淡い笑みが浮かんだ。私はまだ肘のアンテナをたたんでいなかった。戦わずして投降するような、ぶざまな恰好で雪原を渡っていたのである。

あわてて手を離し、聴覚を解放する。男たちの会話が聞こえてくる。間引いてるんですかね。この路面じゃ、たぶん間引きでしょうな。その瞬間、北の国の過去が屋根をつぶす雪のように背中にのしかかり、やがてまぎれもない現代の北国を覆った残酷な風花に目がくらんだ。あれほどの光景を目にしながら、人々はまだ間引くための余りを求めている。剰余を生むよりも、むしろ足りない方へ、欲得の喫水線を低くする方向へとかんじきを向けるべきなのに。こうして「一人一人がいっしょに」待たないかぎり、雪は解けない。いつまでも解けはしない。

穴のある場所

地下鉄に乗り込んだら運よく座席が空いていた。ありがたい。そう思って一歩踏み出した瞬間、反対方向からやってきた乗客とちらりと目が合った。躊躇している隙を突いて相手はするする加速し、その席に半身を押し込んだ。こういうときの気まずさを、私はうまく処理できない。自分もそこを狙っていたという事実を、なぜかごまかしたくなる。この駅じゃなかったかなとでも言うように腰をかがめて窓の外のホームの掲示を確かめるふりをしたあと、路線図を見あげて、さりげなく吊革をつかむ。その日も、結局、座ることができぬまま、いつもの演技をしてから文庫本を開いた。

私は通勤電車内での行動に耐性がない。かつて朝の山手線で働きに出ていた頃は、超満員の車両内で押されねじられ踏みつぶされ反転させられているうち、降りるべき駅で降車側のドアに移ることができず、二、三駅乗り過ごしては折り返すというへまを重ねていた。それに比べたら余裕ある昼間の地下鉄などなんでもないように見えるのだが、席取りはまたべつの話で、たいてい後手にまわってしまう。立錐の余地もない満員の、あるいは席が空くか空かないか微妙な混み具合の車両における身の処し方を厳しく訓練してくれる道場があったら、その門を叩いて教えを乞うてみたいと思う。

しかし、その日出向こうとしていたのは、名のみ残って形のない門だった。無事に下車し、曇天の地上にあがって、地図を頼りに指定された嵌め殺しの窓のある密室を探し始める。するといきなり、幅の広い道路のような空き地が目の前にあらわれた。巨大なビルの下に車を通すために掘られた穴だという。なるほど、この駅を通るたびに、わが国の劇画原作者が生み出した国際的な悪役レスラー養成機関を思い出したのはそのせいだったか。江戸城南端にあった門のあたりの、妙にだだっぴろくて虚ろな空気は、虎の仮面をかぶった正義漢を追いつめる異類の者たちが棲むにはちょうどいい。虎穴に入らずんば虎子を得ずどころか、虎穴に入らずして利益の研究をしている裏組織がここにはあって、武器を輸出したりお酉さまで買った謎の熊手で車を走らせる穴を掘ったりしているのだろう。

そんな門を叩くくらいなら、満員電車で押しつぶされ、座席争いで鬱屈しているほうがいい。春の強い風が吹いて都塵が舞う。見えない地下の洞穴から、虎の咆哮が聞こえてくる。

松明も焚かれている

かなり激しい雨が降っている。こんなこともあろうかと車を手配しておいて正解だった。出かける直前までの展開がまったく読めず、いつまでに必要なものを渡せるのかさえはっきり言えない状態のまま、私は移動を強いられていた。夜を徹してという言い方そのものがある種の誇らしさにつながるように感じられていた年齢は、もうとうに超えている。最低限の睡眠が確保できないと、木偶坊になって手脚を糸で釣られているに等しくなる。内的なふらつきなら御しうるのだけれど、外的に操られたらそれこそ手のほどこしようがない。

さあどうぞ、お待ちしておりましたと白い手袋をした黒ずくめの運転手が傘を差し出し、濡れるのを厭わず私の荷物を受け取るとトランクを開けて、奥にそっと滑らせる。アスファルトを打ち、車体を打ち、傘を打つ雨の音しか聞こえない。運転手の手つきは、現金の入ったジュラルミンのトランクを扱うそれである。少なくとも旅回りの人形劇の道具が入っているようには見えない。木偶坊か、そうなると傘も蝙蝠傘と漢字三つで揃えたくなるな。薄い意識のなかで、私はとびきり高級な思いにとらわれる。木偶、蝙蝠、そして、くぐつと読ませる傀儡。この二文字を最後に手で書いたのはいつだったろう。いまの状態ではお手本を見ても正しく書けないのではないか。その傘が黒ではなく透明なビニールでできていて、頭上の街灯の光が滝のように透けてきたおかげでいくらか正気に戻ったものの、これから自分がなにをしに行くのか、もう判然としなくなっている。

どうぞ、頭にお気をつけて。そのとおりだ。これ以上鈍くなってはなにもできない。するといきなり右側から衝撃が走って、四肢を取りまとめる糸がこんがらがり、運転手が差し出した傘の下で私は素人狂言を演じていた。片膝が予想外の軽さで持ちあがり、肩が不自然に脱力して左右に落ち、それでいて背筋は伸びている。あっ、いまご注意したのでございますがっ、お怪我はございませんかっ。語尾がいきなり強くなっている。さっきまで要人を迎える身ごなしだったのに、猫背になって私を下から黒目だけで見あげ、懐から温めた藁草履でも出しそうな顔つきだ。道路の脇にたくさんの幟が立って雨風に揺れている。松明も焚かれている。そうか、と傀儡の私は悟った。これから合戦が始まるのだ。夜明け前に攻め込んで、雨が曇りになる頃には雌雄を決するのだ。倒れるように後部座席に座り込むと、側頭部の痛みが全身にひろがってくるのが感じられた。これなら大丈夫、四肢は、まだ糸でつながっている。よろしいですかっ、と問う運転手に、私は手負いの戦国武将の口調で、もう、よい、と応えていた。

歪んだ縮尺率で

夏の不意打ちにあって、折り畳みの傘の入ったリュックを背負ったまま、陽射しに吸い込まれるように都心を歩いた。都を形作る円の中心部に近い幅広の道路に添えられた、一通の道よりも立派な舗道に身を置いていると、遠近感が徐々に狂ってくる。空は薄く扁平なホリゾントになり、建物は映画セットの見立てに身をやつし、そのあいだを行く人である私の、幼い頃から今に至るまでつちかってきた心の縮尺率が異常を示す。城や王宮の周辺の空間は、一般人の内側のなにかを壊して、そこにつけ込んでくるための装置ではないかとさえ思いたくなってくる。周囲を見ないで黙々と下を向いて走るという事態は、歩いているのがつらくて生まれたものかもしれない。

自身の大きさを測るために、ビル街へ足を向ける。ピロティ、ドア、階段、窓、椅子。モノに触れてひとまず身体は息を吹き返し、さまざまな方向にうごめいている歩行者のあいだに紛れ込んで、さらにほっとする。同時に、一刻も早くうごめく人の渦から逃れたいとの想いに駆られる。いったい、私はどこに行けばいいのか。片頬が熱い。日陰を探そうとすると、どうしてもビルとビルの隙間の路地しかなくなってしまう。直射日光は防ぐことができても、温められたアスファルトが発する地熱の陽炎を通過した風が全身を襲ってくる。汗が吹き出し、息が苦しくなる。人の住む区画ではない完全な雑居ビル街の証なのか、コンビニも自販機もすぐには見つからない。ならば大通りまで出ようと、明るい昼間であるにもかかわらず闇雲に角をいくつも曲がって行くと、ガラス張りの立派なビルの、入口ではない壁面側に、かなり立派な大理石を積みあげた植栽が見つかった。低木の緑がずっと先までつづいている。木々で風が涼んでいるわけではなかったけれど、つるつるした石の座り心地はよさそうだ。少し陰になるあたりで腰を下ろしてみると、臀部から太ももにかけて溜まっていた熱が一挙に吸われていく。しばし休ませてもらおう。リュックを下ろし、ハンカチで額の汗を拭い、ふーっと息を吐く。その瞬間、頭上から声を掛けられた。

顔をあげると、水色の半袖の綿シャツを着た警備員が立っていた。黒い帽子をかぶり、なにかを記入するためのバインダーを手にしている。もーしわけありません、ここはー、ちょっと、お休みのための場所じゃあないんで。すみません。ひとことあやまって背中の汗も引かないうちに私は立ちあがり、歪んだ縮尺率に収まった早すぎる夏のなかをふたたびさまよい始めた。

蚊帳のこと

訪ねるべき人がいて、一週間ほどのあいだに数度、まだ明るい昼間のうちにその周辺を歩いた。信州高遠の城主であった人と縁の深い庭園がある都心部なのに、ビルの合間にはまだ木造二階建ての家が残っていて華美な構えはどこにもなく、観光地の平日を思わせる安穏とした空気が漂っている。最後にこの町を訪れたのは、もう十年以上前のことだ。あの日は夜だったからいまと印象が大きく隔たっているのだが、路地の角に、突然、見覚えのある店があらわれた。

さまざまな分野の書き手が定期的に顔を合わせて本の話をする催しの、番外篇とも言える食事会の一つだった。私は集まりのたびに道に迷い、定刻に遅れて迷惑をかけていたので、その日は決死の覚悟という言葉がふさわしい意気込みで出かけて行き、みごと最初の客になっていた。約束の時間まで二十分以上残した未聞の快挙だった。

やればできるものだ。そうひと息ついてから、ものの一分と経たないうちにがらがらと引き戸が開いて、薄茶色のサングラスをかけ、少しくたびれた品のいい紺のTシャツに白っぽいジャケットを羽織った人が入ってきた。先客に気づいて、お、と小さな声を出し、誰もいないだろうと思ってたのにな、と言いながら身を屈め、異物でもあるのか素足のまま履いた革靴の片方を脱いで手に取ると、逆さにして軽く振ってから、なにごともなかったかのようにテーブルの向かいの席に腰を下ろした。そして、こないだ、ありがとう、と表情を変えず、いつものように音量の乏しい声で言った。最新の作を、ある媒体で紹介したところだったのだ。どこに隠していたのか、不意に紺色のピース缶を取り出して一本火をつけ、さしてうまそうにでもなく深々と吸って、醤油と酢の香りに満ちた店内に白く濃い煙を吐き出した。それから、こう言ったのである。

あのさ、蚊帳を使ったことある？　あれは、いいもんだよ。

応える前に他の面々が一挙に入ってきて、会話は途切れた。数年後、その人の急死の報に触れて最初に想い浮かべたのは、このときの謎めいた台詞だった。蚊帳越しに蚊の鳴くような声で発せられた言葉の意味を尋ねる機会は、ついにめぐってこなかった。目線を合わせずぼそぼそと話す人との、わずかに湿った思い出を抱えて、私は訪ねるべき人のいる、空調のよく効いた夏の密室へと足を向けた。蚊の気配は、どこにもなかった。

一ツノ蕊ノヤウニ

陽炎が立って、足下のアスファルトがふにゃりと沈む。通り全体が、熱く湿った空気のなかで、少しずつ少しずつ、飴が溶けるように形をなくしていく。昨年もこんな暑さだったろうかと身体に問うてみるのだが、なぜかまったく思い出せない。一昨年はどうか、その前はどうかと順に遡ってみてもおなじことだ。冷夏と呼ばれる年は、記憶から消されてしまっている。子どもの頃にも、夏の盛りに、凹んだり膨らんだりする道路に靴底をとらわれた覚えはあるけれど、あれは当時の舗装の質がよくなかったというだけでは説明のつかない、なんと言うか、日常の縁からはみ出したような現象だった。

ともあれ、度を越した暑さのなかを私は歩いていた。細い路地の、ブロック塀と生け垣のあいだから出てきた野良猫が、ゆっくりと向かいの家の門に入ろうとする。その瞬間、茶色の硬そうな毛並みを揺れる熱気が包み込んで、世界が変形した。姿を消す直前に立ち止まってこちらを見た二つの目には、地の異変を察知したかすかな怯えの色が浮かんでいる。引きずられるように顔をあげると、陽炎のゆらぎが通りの先から私の足下めがけて高波のように迫ってきた。危険を感じて端に身を寄せ、傍らの電柱に救いを求めようと腕を伸ばしたのだが、コンクリートの柱に触れる寸前、反射的に引っ込めていた。

暑さでふやけた路面を踏んだかつての足底の感覚と、ある意味で対になった掌の記憶がよみがえる。夏休みに遊び呆けていた頃の行動範囲内には、木の電柱がまだかなり残っていて、その多くに腐蝕防止用のコールタールが厚塗りされていた。直射日光を長時間浴びると表面が柔らかくなり、亀裂が入った。剥がれかけているところもあって、それを引っ張ろうとすると黒い皮がグミのように凹み、指先にこびり付いた。甘い揮発性物質の臭いが、いつまでも残った。そういう状態になった木製の電柱は、後の転生を予感していたのか、どれもこれもトーテムポールの顔になり、茹った頭のなかで火がついて次々に燃えあがったものだ。しかし、それがどれほど浅薄な幻影であったかを、いまの私は知っている。

火ノナカデ
電柱ハ一ツノ蕊ノヤウニ
蠟燭ノヤウニ
モエアガリ　トロケ

（原民喜「原爆小景」）

二十一世紀の首都の、見た目には粒の粗いむかしと変わらぬ舗装道路も、いままたきな臭い炎に包まれる可能性がないとは言えない。それを陽炎に留めておくための闘いはけっして儚いものでないことを、詩人の言葉は伝えている。

不気味なものと向き合う

使い方はいつもおなじだった。裏側の右上に冠省の二文字が置かれ、時候の挨拶があって、あとはひと息に改行もなく左隅までブルーブラックの小さな文字が並び、収まり切らない言葉が表側に送られる。宛先と名前の空間を横線一本で上部に確保し、下に言葉をつづけて、住所印の手前で草々の一語をぴたりと嵌め込む。郵便受けから出した瞬間、差出人がすぐにわかる、数少ないはがきのうちの一つだった。その送り主である先生の訃報を、私は新聞で知った。

初めてお会いしたのは、二〇〇一年の年明けのことである。雑誌の鼎談の場だった。哲学の先生と評論家、そして私という組み合わせにどのような意図があるのか、いくら説明を受けても理解できなかったが、終わってみれば、ハイデガーやメルロ・ポンティを深く深く読み込んできた哲学者の、まったく偉ぶらない語り口と俗な話題の広さ、演劇人でもある評論家をも凌駕する豪放な笑いに、すっかり惹き付けられていた。

先生とは、その後、新聞社主催の公式読書会の一員として顔を合わせるようになった。少し嗄れた声で途切れることなく話しつづける、ちょっと自虐的でユーモアに満ちた鋭い諷刺家の存在は、二十名を超える強面のなかでも頭一つ抜けて大きかった。先生がなにをどう言うか、みなが楽しみにしていた。

その年の九月、十一日の事件のあとの、魚河岸の休みの日に開かれる定期例会で見せた先生の顔がいまも忘れられない。観ていたドラマが急に切り替わって、ビルの火災現場の画面になったもんだからびっくりしたよ、大変なことが起きてるのはわかったけど、話の先が気になって気になって、などと笑いを取りながら、目は少しも笑っていなかった。光を消した冷たいガラス球みたいな瞳だった。

十年後の三月、十一日を基点にした一連の出来事のあと、私は先生が一九九三年に書かれた文章を読み返した。そして、笑いの煙幕の向こうからあの瞳が見透していたのはこういうことだったのかと気づかされた。技術は人間の理性が作り出したものだから、おなじく理性によってコントロールできると考えるのは倨傲《きょごう》であると先生は書かれていた。技術は理性とはまるで異なる根源を持ち、はるかに古いものなのだ、理性なんぞの手に負えるものではない。「技術の論理は人間とは異質なもの、人間にとっては不気味なものだと考えて、畏敬《いけい》しながらもくれぐれも警戒を怠らない方がよいと思うのである」(『対訳　技術の正体』)。

不気味なものと真正面に向き合う覚悟。それが先生の哲学だった。稀有な導き手を、私たちは失った。

みどりのそで、あをき衣

青菜を買うたび、むかしから何度も口にして何度も納得したはずなのに、あの決まり切った問いがまた脳裡をよぎる。なぜ緑が青なのか。小松菜にほうれん草、かぶら菜にあぶら菜。どれもみな美しい緑色をしている。緑をあえて青と言い換えるのではなく、もともと緑は守備範囲の広い色であって、そこに青も含まれるのだ。

おなじことが、信号の緑と青のつながりを考える際にも繰り返されてきた。交通整理のための信号機の配色は万国共通である。緑と黄と赤。日本の道路交通法で緑が青と表記されている理由も、わかるようでわからない。しかし感覚的にはすんなり身体に入ってくる。だから立ち止まるたびに私はそうかと思い、しばらくすると、そうだったかなと問い直すのだ。大野晋編『古典基礎語辞典』によれば、緑もしくは碧は、「実際の色相としては、青色から黄色にわたる広い範囲を対象として用いられた」という。例として挙げられているのは、『八雲御抄』の「六位　みどりのそで。あをき衣」。六位の蔵人が着る衣の色は、緑でもあり青でもある、幅の広いものだったのだ。

宮中ではなく野に暮らす人々にとってその色がどう映っていたかは想像するほかないけれど、緑の懐に青菜も空も海も新緑も入っていたのではなかろうか。青々とした言葉の表情は、もっと大雑把に捉えていい。ただしこの大雑把さに相反することのない色の包容力は、当然ながらありきたりな日常のなかでこそ生きる。色は暗転したり消えたりはしない。灰に呑まれたり土砂に埋もれたりしない。青々とした緑は、いっとき掻き曇っても、また何事もなかったかのように再生される。私たちは愚かにもそう思っている。

しかしその一瞬の濁りがなければ、緑は真に回復しないだろう。「みどりのそで」と「あをき衣」を着た菜の色を当たり前のように受け入れ、その許容範囲にありがたみを感じるのは、自然だけでなく人間をそのうちに数える破壊現象が長い潜伏期間をおいて確実に世に現出することを、私たちが知っているからなのだ。色を限定するのではなく、その幅と付き合うことの意味を、いま一度確かめる時がきている。馴染みの八百屋の店先で青菜を手に取りながら、「なにもない皿の／青いパセリ。」

という菅原克己の詩句を思い出す。パセリは緑ではなく青。そこには生活の青色から黄色にわたる幅を許す心の住家がある。交通整理のできない「日」がある。

このたとえようもない
日日の事物の底で、
ぼくらはひろい世界を獲る、と。
（「ぼくらにある住家」）

世界は日常の底にある。色への愛は、そこから開ける。

立ったまま眠っていた

海辺の崖に、私はいた。左右に巨大な石の壁があり、人間が一人通れるくらいの細い階段が波打ち際まで伸びている。階段はただ岩を削っただけのいびつなものだが、ひろげた両腕が壁に付くので、身体を支えることはできた。紺色の海が銃眼からのぞいたように切り取られている。背後に女性の声が聞こえていた。足もとに気を配りながら、私はゆっくり下りて行く。磯の強い香りが吹きあがって頬を撫で、触れた岩肌は氷のように冷たかった。しばらく進んだところで振り返ってみると、階段がただの斜面に変わり、通路など最初からなかったかのように垂直の壁で塞がれていた。

なにが起こったのか？　ふたたび前方を確かめる。浜はなくて、いきなり海になっている。恐る恐る端まで下りると、海面から数メートルの高さで径は途切れていた。大声を出せばさっきの女性が気づいてくれるかもしれない。しかし急に強まった風と波の音が、口からひゅるひゅると救いの音を奪い取る。崖下に打ち寄せる波は激しかった。突き出した岩にぶつかって、白く濃いしぶきをあげている。飛び降りるのは不可能だ。両側の壁に、いつのまにかフジツボや海藻がびっしり張り付いていた。身体中が冷え、血が下がってくらくらしてくる。そのときである。背後から風ではない圧力を感じて、私は前方にどんと押し出された。つんのめりながらなんとか体勢を保ち、我に返ると、そこは降りるべき駅の、二つ先の駅のホームだった。立ったまま眠っていたのだ。私は走り出した。

約束の店で待っていてくれた女性は、たっぷり遅刻したこちらの顔を見るなり、大丈夫ですか、真っ青ですよ、とやさしく言う。その声に、聞き覚えがあった。私を青ざめさせた夢のなかで、崖のうえにいた人の声だったのだ。むろん、そんな馬鹿げた話はしないで、ずっと前に頼まれていた仕事がなぜ捗らないのか、私はひたすら弁明につとめた。熱い珈琲を二杯飲んでも身体は温まらず、血の気は戻らない。彼女の声が救い主のものでないことだけは明らかだった。追い詰められたまま虚しく時間が過ぎた。

促されて、先に立ちあがった私の背後から、あのときの声が響く。上着になにか付いてますよ。彼女は手を伸ばして、ぴりぴり引きはがすように取りあげると、軽く匂いを嗅いで言った。海藻ですね、海に行ってらしたんですか。雑居ビルの地下にあるその店の、狭い階段が悪夢に重なった。濃い潮の香りがする。息が、苦しい。

その松のこと

塀で囲まれているので庭がどうなっているのかはわからないのだが、それなりの広さの菜園があるようだ。ときどき、門扉が開け放しにされて無農薬をうたう既製の小さな幟が立てられ、その柱のところに手書きの紙が貼り出される。トマトあります。茄子あります。胡瓜あります。薩摩芋あります。季節によって中身は異なるものの、品が一つだけなのは変わらない。自家で食べきれないぶんだけ外に出すのだろう。のんびりした感じがとてもいいので、小銭の持ち合わせがあるときは買うようにしてきた。そこに先日、みかんありますという貼り紙があった。柿が並ぶことはあったけれど、みかんが出たのは、ここ十年ほどで初めての出来事だ。驚いて塀の上を見あげると、たしかに黄色い実を着けた、かなり大きな樹が一本のぞいている。これは完全に見すごしていた。私の視野に入っていたのはいつも幟と門扉と書き文字であって、あえて目印にするなら、みかんよりもむしろ少し離れて立っている、堂々とした枝振りの松の方だったからだ。

車でやってくる客人のための駐車場が、このお宅の少し先にある。大通りから横道に入って、塀を越えんばかりに張り出している松の巨木を目印にと言えばわかりやすいので標識の役目も果たしてくれているのだが、横に張り出して二階のベランダに触れそうな枝には、しばしばシーツが掛かっている。手すりにも蒲団やら毛布やらが隙間なく干されているところを見ると、場所がなくてしかたなくこちらを利用しているようだ。ぼろぼろになった軍手や玄関マットもぶら下がっている。一度だけ、手すりから猫がその枝に移り、さらに低い枝へと徐々に降りて行くのを、開かれた門扉のあいだに垣間見たことがあった。これだけ広い庭になると、植木屋を呼び、全体の見目、枝々のバランス、陽の当たり方などを考慮しながら手入れしているはずなのに、なぜか放って置かれたままの印象がある。

みかんを一袋、百円玉三枚と交換したついでに、目印でもあり洗濯干しでもあり猫の通り道でもありうる、そして強い雨風から家を護り、正月には歳神を迎える補佐もし、小さな子どもがいたらよじ登って遊ぶだろうその松に、私はあらためて挨拶をした。いまの世に欠けているのは、使う者によって幾通りもの顔を持ちうるこの松のような存在だ。一人一人がこんなふうに振る舞うことができたら、相手の姿の一面しか見ようとしない傲慢のえぐみを少しずつ消していけるのではないか。ちょうどこの庭で穫れた、いびつだが甘くやさしい味のするみかんのように。

アウトポールをまわる

海辺のホテルに滞在している人のもとへどうしても届けなければならないものがあって、急ぎ列車で西へ向かった。複数の輸送法を検討した結果、自分の足で運ぶのが最も迅速かつ安全だと判断したからである。駅の窓口に駆け付けると、雪焼けなのだろうか、暗褐色に頬をてからせている担当の女性がほぼ直滑降の応対をしてくれた。大人一人、禁煙の指定席で乗車券もいっしょに。こちらが言い終わらないうちにもう真っ赤なマニキュアを塗られた爪が躍動する。片道ですね、二人掛けと三人掛けのどちらがよろしいですか。二人の方に。窓側と通路側とどちらがよろしいですか。窓際で。かちゃかちゃ指が動いて、あっという間に切符が用意される。

十分後の発車になります。そう言って、雪のなかの黒い太陽は笑みを浮かべた。

礼を述べて、私は指定された車輌の、座席の背を見る方の入口から乗り込んだ。清掃を終えたばかりの真っ白な車内が、白色LEDでさらに白く輝いている。そこだけ与圧された宇宙船のようだ。客は二列席の通路側に一人いるだけだった。鉄道会社も大変だなと思いながら、つるつるした切符に印字された記号を座席番号と対照していくと、驚いたことに私の席はその客の隣だった。たぶんあとからどっと乗ってくるのだろう。隣席の男性は、七十歳は過ぎているとおぼしきジャンパー姿の痩せた老人で、小さく頭を下げると、どうぞどうぞと自分の家のように奥の席を勧めてくれる。列車が音もなく動き出す。老人はすぐにビニール袋からがさごそ幕の内弁当を取り出して箸をつけた。次の駅での乗客はなし。その次の駅でも乗客はなし。さらに次の駅でも人の動きはなかった。老人は脇を締めた美しいフォームであっという間に弁当を平らげ、足を投げ出して短調の鼾を奏で始めた。

車掌がくるのを待たずに席を移ろう、と私は思った。しかし鼾は正しい拍を刻み、かすれたピッコロの音色をときどきそれに重ねた。熟睡である。ベテラン刑事に護送される犯罪者の心境で私は身を縮め、じっとしていた。始発から数えて六つ目の駅の手前で、仕方なく眠りの封印を解く。席を移るためではなく、下車するためである。背後の座席にも客の姿はなかった。直滑降の女性は、どんな意図でポールを二本並べたのだろう。旗門を無視してアウトポールから娑婆に出た私は、ぎこちなく伸びをする。海辺の町は曇天で、黒い太陽の気配もない。荷物を届けに行った冬のホテルのロビーには、バーモントカレーの匂いが漂っていた。

指を触れること

大きな乗り換え駅のコンコースのなかほどに、黄緑色のコートを着た男の子がぽつんと立っていた。近づいてみると、四歳くらいの背格好である。頭よりもだいぶ大きなフードをかぶり、その奥から真っ黒な眼が二つ、まばたきもせず前を見つめていた。不安なのか呆然としているのか、表情と呼べるようなものを認めることができない。リュックなども持っていないから、たぶん直前まで親がいっしょにいて、なにかの事情でその場を離れることになり、動かないよう命じたのだろう。巨大なマスクをした急ぎ足の大人たちが、その前をどんどん通り過ぎていく。改札はまだずっと先で、派出所はちがう方向にある。数歩通り過ぎたところで、私は踵を返した。

お母さんを待っているの？　うん、とうなずく。いつから？　応えない。ちょっと前から？　それともだいぶ前から？　応えない。お手洗いに行ったのかな？　応えない。ここで待っていろと言われたの？　うん、とうなずく。迷子になったんじゃなくて、ここで待つように言われたんだね？　うん、と声なしでうなずく。じゃあ、いっしょに待とう。なぜか私はそう口にしていた。しばらく待っても戻らないようだったら、駅員かお巡りさんに預ければいい。あっちに行ったの？　うん。男の子の隣に立っておなじ方向に顔を向けると、あたりまえのように小さな手が伸びてきた。右手だった。私はそれを、左手で握った。子どもの手を握るのは、何年ぶりだろう。柔らかくて、冷たくて、少し湿っている。なにも言わずに、並んでただ人波を眺めていた。どのくらい待っただろうか、もうそろそろかなと思いかけた頃、見ていた方ではなく、すぐ横から名を呼ぶ女性の声が響いた。やはり迷子だった。事情を説明すると、彼女は何度も何度も頭を下げ、私が握っていた方の手を引き取って、もっと強く、もっと柔らかく握った。男の子の手も明らかにそれに応えていた。

はっと気づいた。私は手を握ったのではなく、握ってもらったのだ。見ず知らずの人の言うことを聞かないようにと、彼は教えられていただろう。手を伸ばしたのは、誰かが横に立ったことに安堵したがゆえの条件反射だったのかもしれない。しかし手で手を探るその反射じたいに、かすかな信頼の芽があったと受け取っていいのではないか。指に触れ、手を握るのは、言葉を超えた存在のやりとりである。現象としてはすぐに消えても、心の深いところに根を張る。たとえば、「指一本触れさせない」などと言う場合も、本来なら根が吸い取るべき信頼を前提とすべきだろう。あのとき、男の子はこちらを振り返りもしなかった。ただ指を触れる人の顔だけを見あげていた。

単車で送ってやる

単車で送ってやる、というのが叔父の口癖だった。いつの時代のものかもはっきりしない、つや消しの黒に塗られた古い愛車の硬い合成皮革の座席に私を座らせると、自分は荷台にまたがり、左の腕をこちらの背後から伸ばしてお腹のあたりを抱きかかえ、右腕でハンドルを握る。とがった顎がちょうど小さな頭の真上にくる感じで二人の姿勢を安定させると、ずん、ずん、ずん、とキックペダルを踏み込んでエンジンを掛けるのだが、走り出しの速度は怖がらせないよう自転車なみにゆるやかだった。いまヘルメットもなしでこんな乗り方をしていたら、たちまち捕まってしまうだろうけれど、幼稚園へ、小学校へ、町医者へ、私はときどきそのアクロバティックな運転の世話になった。叔父はまだ二十代の前半だったはずだ。少し働いては辞め、遊んではまた少し働き、あいだに友だちや雇い主と問題を起こしては、わが家に助けを求めにきた。万事休して、狭い家で大きな身体を丸めるように居候していたこともある。友だちを連れて帰ると、薄暗い奥の四畳半からちょくちょく出てきて遊んでくれたりした。一人でも二人でも三人でも、それぞれをうまくおだて、笑わせ、飽きさせなかった。ただ、そういう明るい振る舞いを大人たちに対してはなかなかできないように見えた。

朝起きると、どこかの商店の文字が入った鏡を前に、横文字のロゴの和製ポマードで丁寧に髪を整えていた。ステンレス製の櫛を、とてもだいじに使っていた。そのねっとりした香料と煙草の臭いが入り混じって、部屋の空気はいつも重く、窓を開け放って終日換気してもなかなか抜けなかった。畳や壁紙や天井板にたっぷり染み込んでいたのだろう。

ある日、その部屋の前に設けられた短い廊下に、きらりと光る櫛が落ちていた。拾いあげると、いつものポマードが匂って、表面が脂で粘ついている。私はふと、それを壁に押し当ててみた。ぺたりと張り付くとでも思ったのだろう。その瞬間、四畳半につづくふすまが開いて、叔父が顔を出した。驚いた私がつい手を放すと、櫛は、おそらくなにかの傷を隠すか補強のために張られたはずの、やや大きめの幅木と壁の細い隙間に、乾いた音を立てて滑り落ちた。スローモーションのように、それがいまも目に焼き付いている。ともに、あっと声をあげた。叔父は怒るに怒れないといった表情で、いつかこの家を壊したら出てくるさ、と笑った。

それから七、八年して、もう限界に近かったその古家を建て替えることになった。長く住んだところだからと取り壊しにも家族が立ち合い、あれこれ思い出話にふけっていると、剝ぎ取られた壁板の下から、光る棒きれみたいなものが出てきた。櫛だった。脂を塗布したような状態だったから、綺麗なままだ。埃のなかで、まだ匂いが残っていた。もういっしょに暮らしていなかった叔父に連絡すると、ああ、覚えてる、覚えてる、と喜んでくれたが、それを取りにくることはなかった。

曇り空の日、叔父は逝った。ずいぶん前から単車には乗れない身体になっていた。ポマードをいつまで付けていたのかも、私は知らない。

列がもたらしたもの

花曇りというのがいちばんしっくりきそうなその日、急ぎもしていなければ疲れもしていないのに少し遠い駅からタクシーを使ったのは、両手に提げている合わせて四つの本の袋のうち一つの底が抜けてしまって、十数冊の単行本を胸に抱えるような事態になっていたからである。

大変そうですね、どちらからまわりますか、と運転手さんが言った。提示された選択肢がずいぶん細かい。何丁目のなんとかって店のところを左にするか、どこそこを右に抜けるかといった言い方だから、地元の人かと思って尋ねてみると、営業所が近くにあるから詳しいのだという。会話がそこから始まった。お花見はなさいましたか。季節限定の台詞が飛んでくる。いいえ、花見には付き合えないんです。酒が飲めず、腰痛持ちで、おまけに寒がりときているから、ビニールシートにじか座りすると、晴れた日でも午後おそくには身体が冷えきって調子が悪くなる。花は、立ったまま、一人でぼんやり眺めていたい。そんなことを話した。ですよねえ、と思いがけず同意してくれる。うちらも座りっぱなしの仕事だから、また地べたに座ったりするのはきついですよ、それに、走りながら桜はいつも楽しんでますから。運転手さんは気をよくしたのか、少し、見ていきますか、じつはね、とっておきの桜があるんです、と言った。メーター、そのぶん、引いときます。

向かったのは、ドミノの駒のように均等な間隔を置いて並んでいる、古い低層の社宅だった。棟と棟のあいだが芝をめぐらした中庭になっていて、フェンス越しに満開の桜の巨木が見える。走りながらという話だったのに、彼は静かに車を止めた。すばらしいでしょう、何本に見えますか。問われて気づいた。高さも枝振りもほぼ同一といっていい木が、三本あるのだ。その場所からは直列になって、一本にしか見えない。にもかかわらず、一本分のシルエットに背後の二本が裏打ちする厚みが宿り、よい意味での圧力が感じられた。建物の築年数は半世紀に近いという。竣工時、すでにさまになっている高さのものを植えたとすれば、桜の方はもっと年を取っているわけだ。

反対側にはゴミ置き場があって、眺めはいまひとつなんです、まだフェンスの方がいい。そう言うと、運転手さんは急にサイドブレーキを引いて車を降り、トランクをがさごそやって戻ってきた。ペットボトルのお茶と、くしゃくしゃになったスーパーのポリ袋を手にしている。袋、これでよかったら、使ってください。二つ三つあります。花見から飛躍した気遣いに驚きつつ、私は礼を述べてそれを受け取った。大いに助かったのだが、家に帰って本を取り出すと、表紙にみな、灯油のような臭いが移っていた。

提督の影

駅から一つしかない階段を下りると、いかにも土手下という雰囲気の、車一台通るのがやっとの狭い道に出た。高架に向き合う恰好で伸びているその帯の片側には、家とも工場ともつかない建物がびっしり壁のように並んでいて、事前にそこで降りるよう教えられていたとはいえ、駅の名に組み込まれた海岸の二文字を頼りにしていた者にとって、これほどの視界の閉塞は想像もしていなかった。しばらく通路を歩くと、騒々しい車の音が聞こえてきた。壁がいったん途切れて路地の入口が開け、突き当たりに大通りが見えている。昼日中に歩いている人の姿はあまりない。十分ほどぶらついていると、二車線の道路の路肩に二、三の人影が見えた。バス停だった。行き先を記した丸い看板は歩道を行く人の正面を向くように設置されているので、こちらからはぺたんとした板にしか見えなかったのである。海岸よりも夢想を誘う、古い港町が終点になっていた。小雨がぱらついている。傘は持っていない。濡れないために、ほどなくあらわれたバスに乗った。

　かなりの速度で、くねる街並を抜けて行く。右に左に軽い負荷がかかる。ただし前に進んでいる感じがしない。道路がベルトコンベアーみたいにこちらに巻き取られ、そのうえに乗っている気分である。あらかじめ用意された手順を、知らないうちに辿らされているかのようだ。道はやがてゆるい下りになり、長大なフェンスの張られた緑の小山を迂回すると、いきなり目の前が開けて真っ平らな海がひろがった。海は雨を受け入れもせず、掃き浄められた鏡面の静けさを保っている。海抜を知らせる電柱をかすめたとき、受け身ではあれ、戦にかかわる施設の近いことを示す看板がちらりと目に入った。開戦の狼煙はまだあがっていない。しかし見えないところで、もうあと戻りできないかのような、不穏な空気が醸成されつつある。一世紀半前、この先の港に真っ黒な鉄の船がやってきたときのように。

　冷えた身体を守るために、そして、あと戻りする勇気を確認するために、私は終点の一つ手前のバス停で運転席に近づいて、折り返し帰りたいので、このまま乗っていていいかと尋ねてみた。マシューがね、と運転手は応えた。マシューとは、あの黒い蒸気船を率いていた提督のファーストネームだ。独り言ではない。はっきりそう応えたのである。案じたとおり、この波一つない海の下でなにか私たちの関知しない、物騒な動きがあるのだろうか。聴き直すと、やはりおなじ答えである。座席に戻ってから、ようやく私は理解した。笑いが波のように押し寄せる。そうか、彼は、ま、しょうがねえ、と言ったのだ。まあしょうがない。しかし、それで済まないこともある。

いま落としておりますので

足もとに雀が二羽、競い合うように近寄ってきて、隣のテーブルのおじいさんがこぼしたサンドイッチのかけらをすばやくつつき、綺麗な直線を残して移動していく。平日の午後、私は広い公園の一角にあるセルフサービスのカフェテラスに腰を下ろしていた。睡眠不足と適度な陽射しが、思考も手足の動きも鈍らせる。何十秒かに一度は意識を立て直し、頭と身体の連携を確認してからでないと、危なっかしくて紙コップの紅茶を手にすることもできない。濁った視界のなかをまた、ほとんど抽象的な運動体がよぎる。世界が色と勢いを取り戻す。雀の歩きは、左右の脚を前後させるのではなく、両脚跳びだ。走り幅跳びや三段跳びの選手の、交互に脚を出す動きが鈍重に見えるほど軽やかなホップでテラスを縦横に移動しながらお腹を満たしている。

当たり前のようで、これはずいぶん贅沢な光景かもしれない。ちょうど田舎の友人から、雀の姿を最近見なくなったという話を聞かされたばかりだったからだ。夏はもう来ているようだが、蝉の声はない。陽射しが遮られるとすっと涼しくなる。雀たちが影に染まって姿をくらます。直線の残像を味わいながら、私は冷めた紅茶を啜った。珈琲を飲みたかったのだが、カウンターに止まっていた雀顔の女の子の、いま落としておりますので、もう少しお待ちいただけますかと言うそのもう少しが耐えられなかった。こんなふうにぼおっとすることになるなら、おとなしく待てばよかったのだ。

パラソルのないテーブルの現在を、冷めた紅茶が大正十年七月十四日午後三時に巻き戻す。この日、この時刻に、北原白秋は足かけ八年を費やした歌稿の第四校に最後の朱を入れて、目の前に運ばれてきた冷たい紅茶をひと息に飲み干した。同年刊行された『雀の卵』には、たくさんの雀が歌われている。垂直跳びと直線移動が文字に移され、推敲の一端が、競技記録のように原作と改作という形で公開されている。かつてそれを読んだとき、ホップの喜びが少しも感じられなかったことを思い出す。そこにあったのは、むしろ悲しみに近い空気だった。「雀が二羽縒《よ》れて羽ばたく美しさ落ちむとしてはまた飛びあがる」よりも、「雀が二羽ころげ羽ばたくうつつなさ落ちむとしてはまた飛びあがる」の方がよしとされるのはなぜなのか、いまなら少しは理解できる。ここでのうつつなさとは、雀たちの様子ではなく、それを見ている側の自失なのだ。いま落としておりますので、という声が耳の後ろから聞こえてくる。私もいっしょに落ちて行こう。地の縁へ。時間の底へ。

後ろめたさと雲

いつの頃からか、日常と呼ばれるものが、話題や情報の消去と忘却の反復でしかなくなってきた。正確には、それらを受ける側ではなく、送り出す側にとっての日常ということだ。話題や情報は、反省もしくは答弁と呼ばれるいくらでも代替可能な儀式によって、丁寧に、かつ乱暴に消されていく。ある大きな問題が生じたとき、その原因を突き詰め、突き詰めた者だけが感じる心のうちをごまかすことなく公の言葉に転換する努力を怠ったまま、現場を知らない関係者が数人出てきて折り畳み式会議机の向こうで棒立ちになり、ギニョルさながらいっせいに頭を四十五度に下げて幕引きをする。見慣れた光景である。また、言葉のやりとりが許されている公の場にいながら耳を塞いで仮眠を取り、説明を求められて右往左往し、人々の「塗炭の苦しみ」をお座なりに嚙み締め、意見を述べる代わりに論評を差し控えることで話し合いを強制終了する。これも見慣れた光景だろう。強制終了とは、消去と上書きを繰り返して満杯になったごみ箱を、再起動までになんとか空にするべく編み出された装置である。不用意に放った言葉と周到に消した言葉の半減期が半永久的であることを、彼らはよく知っているのだ。

しかし彼らの日常は、それを表向き消すよう求める。どれほど多額の費用がかかり、周囲の理解が得られなくても、次のごみを投げ入れるための空きを作ろうとする。立ち入り禁止だけでは満足せず、首都の真ん中に巨大な更地を用意してあれこれ捨てやすいよう蓋のないごみ箱の図を描き、批判を浴びたとたん、撤回すると言い出す。備えあれば憂いなしである。憂いなき備えのために供されるのが先に述べた反省であって、日常の劣化の原因はそこにある。

憂いの方向は、持続としての日常に向けられるべきであり、使い捨ての言葉や血も肉もない記号としての反省でもなく、むしろ「後ろめたさ」（島尾敏雄）にこそ耳を傾けるべきだろう。後ろめたさは、季節の話題や儀式とは無関係に永続する。いったん消えてまたあらわれるという、情報の提供側にとって扱いやすい動きをしない。それは泥濘のようにいつまでも腹のなかに居座り、毒を放ち、また毒をもって日々を支える。上半身を四十五度曲げる前に、相手の目を見ないでなにかを弁ずる前に、後ろめたさは正しく心身をむしばみ、単純な言語化を許さない。むしばまれている事実と、言葉を求めてあがいている自身の姿を、まっとうな形で他人に示すだけである。

上書きを許さない日常の持続とは、本来そういうものだ。いま、日常が異常になっている。だからこそ、雲を支える空の後ろめたさから眼を逸らしてはならない。

線香花火を束で買う

蒸し暑い夕闇の庭先で、小さな子どものいる一家が花火に興じていた。父親が幼い息子の横にしゃがみ、抑え気味の声で話し掛けている。ここを持って、腕を伸ばして、そっちに向けて。ほどなくシュウッという鋭い音とともに、見えない柄の先からまっすぐ火花が飛び、弧を描くように並んだ家族の顔を明るく照らし出した。短い感嘆の声があがる。会話はほとんどない。黙ったまま火に魅入られている。私は伸びた炎の残影を連れて、その場を離れた。

線香花火は、もう済んだのだろうか。子どもの頃、夏の休みになると、近所の友だちとよく花火で遊んだ。約束の場所にはたいてい、それぞれの弟や妹たちがくっついてきて、なかには初めて火を使うような子もいたから、こちらはいっぱしの兄貴分気取りで、あの火薬の入ったか細い紙縒りを最初に渡したものだ。派手なものをはやく試したいというみなの気持ちを鎮めるためでもあったけれど、じつを言うと、私はこの、金魚のひれみたいなものが付いた紙縒りさえあればあとはなにもいらず、おしゃべりもしないでただじっと小さな火の球と細い光の矢を見つめていたいと願っているような厄介な子どもだったから、線香花火を優先的に渡される子たちが少し羨ましくもあった。

当時の線香花火の序列は、明らかに低かった。高く吹きあがったり爆裂音を発したりして、周りを怖がらせるような種類をよしとしなければ男児失格という時代だったのである。おまけに何人かでやるときには、複数の種類が入ったセットを買うので、線香花火じたいの数は多くない。不満は、募った。

ある夏、とうとう我慢できなくなって、薄い紙封で束ねられた線香花火を駄菓子屋でまとめ買いした。ぜんぶください。店のおばさんに言うと、そんなにたくさんどうするのかと目を丸くする。これでいいんです、一人で遊ぶんです。今度はその返事に憐れみでも感じたのか、柄のしっかりした手持ち花火をおまけにくれた。それから毎日、私は何本かずつ火をつけて遊び、友だちの誘いがあったときにはズボンのポケットにたくさん突っ込んでいった。使い切るのに、ひと夏かかった。

あっという間に秋がきて、冬の休みになった。大掃除をしていると、部屋の隅からよれよれになった線香花火が一本見つかった。先がややつぶれているようにも見えたが、破れてはいない。机のうえに大事に置いて、大晦日、除夜の鐘を聞いたあと寒い表に出て火をつけた。外気の条件がちがうせいか、色がおかしい。心なしか音もよく響く。蕾状の熟柿の球からぽってりした牡丹へ、絢爛な松葉へ、命の消える寸前の散り菊へ。ずっとのち、寺田寅彦の随想で知った線香花火の変化の譬えどおりに、灼熱の球はぽとりと落ちた。新年を祝うには少しさみしすぎるな、と私は思った。

誰がこの火をつけたのだろう

どこを探しても必要な書類は見つからなかった。家に持ち帰ったとばかり思っていたのだが、べつの紙束と混同していたようである。それなしでは仕事にならない。決断は速かった。猛暑のなか、リュックを肩に掛けて、私はすぐに動き出した。電車とバスを乗り継ぎ、ひと気のない大通りを早足で歩く。鉄柵で閉じられた門の前で、少し離れた受付に向かって身分証明書を振るように掲げると、それに気づいた若い守衛さんが出てきてくれる。ところが、ふだんなら問題なく通してくれるのに、こちらの肩越しに中空を見あげて、気の毒そうな顔をする。振り向いた私の視線の先には大きな電信柱があり、トランスの周りでなにか工事がおこなわれていた。

構内には入れますが、大回りしていただかなくてはなりません。背筋を伸ばしたまま彼は言う。あちらの建物をぐるっとまわった裏手の、車両用通路に人がおりますので、そちらからどうぞ。ただし停電中で、エレベーターも動きません。

礼を述べて歩き出した。何年も働いていながらそんな通路があるのを知らずにいたことに驚きながら、言われたとおりに進んで行く。途中、二人の警備員に頭を下げ、高低差のある巨大なコンクリートの切り通しを抜けた。目的の建物までくると、明かりの消えた真っ暗な階段をひたすらのぼった。汗が流れ落ちる。もちろん空調は機能していない。仕事部屋は蒸し風呂同然だった。息を整えるどころか頭がぼんやりして、立っていられない。なんとか窓を開けると、さらに蒸し暑い亜熱帯の空気が流れ込んできた。遠くのビルの屋上から、白い蒸気があがっていた。それが黒い煙なら、「見渡す草原に人影はなかつた。誰がこの火をつけたのだらう」(大岡昇平『野火』）とでもつぶやいて、どこかに潜んでいる敵を恐れたかもしれない。しかし、七十年前の今日、索敵の必要はなくなったのである。

書類は、無事発見された。机の横に積まれた書物の谷に滑り落ちていたのだ。未開封の郵便物もいくつかあって、よけいな汗が流れた。この先必要になりそうな本や資料もまとめ、リュックに詰められるだけ詰めた。十キロ以上はあったろう。本の角がところどころ三角形に突き出た背嚢とともに、私はふたたび階段を下った。順路を逆に辿り、守衛さんに二度礼を言って大通りへ出ると、足がふらつき出した。なるべく歩かないで済むよう、帰路は地下鉄を使いたい。しかし最寄りの駅で気づいた。今日は、あの神社の近くで乗り換えるわけにはいかない。野火はもう立っていない。闘うべき相手は、べつのところにある。肩ベルトを両手で握って、私は反対側の坂道をのぼり始めた。

無疵な魂なぞ何処にあらう

色鮮やかな帽子をかぶった中年女性のグループが、幅の狭い歩道にひろがったまま、ゆっくり歩いていた。こちらよねえ、この道でいいんじゃない、と白い帽子が言う。お巡りさんが描いてくれた矢印の通りに進めば大丈夫よ、と黄色い帽子が応える。そうよね。残りの帽子がそれぞれ街路マップを手に声を揃える。急いでいるわけではなかったけれど、もう少し早く歩きたいなと思って、私はいったん車道に出たうえで御一行を追い越そうとした。すると、黄色い帽子二号が、あの、と声を掛けてきた。ご旅行の方ですか？　はい、まあ、そんなところですが。実際には出張帰りの時間調整で、ただぶらぶらしていただけである。どこを歩いているのかもよくわかっていない状態だった。あなたもお城へ行かれるの？　どこに、お城があるんですか？　驚いて聞き返すと、山のうえよ、あたしたち、ロープウェイに乗ろうと思うんですけれど、なかなか駅が見つからなくて。

お城にロープウェイ。商店街の前方を眺め、空を見あげる。すると街燈の柱にそれらしき案内板がぶら下がっていることに気づいた。地図を見せてもらうと、お巡りさんが描き込んでくれたという、じつに生真面目な、流鏑馬の弓のようなボールペンの矢印が道を伝っている。それを見ているうち、心が動いた。じゃあ私ものぼります、駅までご一緒しましょう。黄色い帽子二号さんが手にしていた地図を旗代わりにして、私は御一行様を丁寧に引率した。十数分後、山の麓に殺風景なコンクリートの駅が見つかった。帽子のおばさんたちは総勢七名。心はすでに本丸目指して浮き立っていた。運がよかった、じきに出るわよ、早く早くと一人が声をあげる。私にもやさしいお声掛けがあった。ところが発券機の表示をよく見ると、ロープウェイのほかに一人乗りのリフトもあるではないか。運賃も変わらない。よし、これに乗ろう。男たるもの、孤独な旅に耐えねばならぬ。

思いを伝えると、白い帽子が悲しみにくれる。あら、そちらに。いっしょにいらっしゃればいいのに、と黄色い帽子一号が言い、うえでまたお会いできるわよね、と黄色い帽子二号が手を握らんばかりにつづける。そのとおり、うえでまた、お会いできるはずでござる。背筋を伸ばして侍となった私は毅然と別れを告げ、すぐにまた背中を丸めてリフトにしがみ付いた。くいっと身体が宙に浮いて、はるかな城郭を目指す。

季節《とき》が流れる、城寨《おしろ》が見える、

中原中也が訳したランボーの詩句が、口をついて出そうになる。左斜め上を四角い影がすっと通り過ぎていく。箱詰めにされた七人の小さいおばさんたちが、満面の笑みでこちらに手を振っている。激しい寂寥が胸もとをよぎる。

季節《とき》が流れる、城寨《おしろ》が見える、
無疵な魂《もの》なぞ何処にあらう？

（「幸福」）

さみしさはなくなっていた

さみしい土地を歩こうなどと思っていたわけではない。休日の朝、たまたま仕事で訪れた地方都市の、どこにでもありそうな駅を出て、事前に見ておいた地図の残像を頼りに線路沿いの道を進んで行ったら、そこにさみしさがあったというだけのことだ。左手は盛り土のうえに敷かれた鉄路への侵入を防ぐ低い網のフェンスで、それがずっと先までまっすぐつづいている。一車線の道路の、外側が歩行者の領域であることを示す白い線よりも狂いがない。右手には畑がひろがり、宅地がところどころ島のように浮いていた。不思議なことに、樹木がどこにもない。空を目指しているのは不均等に設置された電柱だけで、鳥のさえずりさえ聞こえなかった。三十分も歩けば急行の停まる駅があるのに、このあたりには都会でも田舎でも新開地でもない、取り残された空気が漂っている。それでいて、どこにでもありそうな匂いなのだ。直線に狭まれたアスファルト道路のさみしさは、たぶんそこに由来しているのだろう。

しばらくすると、右に九十度折れる道があり、その角にトタン塀をめぐらした家があった。曇天の空に似た錆び具合がとてもよいので、引き寄せられるように近づいてそのまま右に曲がったとき、ちょっと身体が震えるような光景に出くわした。道の左側にずっと先までコンクリートの板塀が連なっていて、それがまことに美しいゆがみとたわみを晒していたのである。ブロックを積みあげるのではなく、赤いH形鋼を等間隔に打ち、その凹みをスリットにして三枚ずつ長方形のコンクリート板を差し込んであるだけなのだが、一枚欠けてそこだけ低かったり、板と板のあいだに隙間があったりする。麻雀で牌を手積みしていた頃の、欲張って台いっぱいに並べてしまい、持ちあげるときゆらりぐらりと崩れそうになっている四角い蛇をつい連想した。適度に汚れて劣化した板とそのあいだの赤いスリット、壁沿いに生えている雑草の緑も重なって、現代アートのインスタレーションのように見えた。

とはいえ、塀はただの塀で、囲む意図はなく、境界線を示すだけである。その向こうはみごとな空き地だった。いや、ワゴン車がまばらに停まっているから駐車場なのかもしれない。広いその空間の奥に緑のペンキを塗った倉庫があり、入口に赤い自販機が立っていた。ちょうどいい。喉が渇いていた。近づいてみると、すでに生を終えた置物だった。小考の後、一基の墓石と化した機械の孔にポケットの小銭を何枚か入れて、私はしばし黙祷した。なんのために？　わからない。特別なことではない。それもまた、ありふれた行の一つだ。さみしさは、もうなくなっていた。

のぞみの冬を、のぞみの春を

浴室というよりお風呂場が歩道に面している家の前をよく通る。窓があって換気もよく、昼間なら陽の光も入って気持ちがいいにちがいない。夜の八時から九時頃にその前を抜けて行くと、しばしば小さな子どもの声が聞こえてくる。親といっしょに湯船につかって嬉しそうに喋っているのだが、とてもよく聞こえるときと籠もってなんだかわからないときがある。子どもの声は、鋭くて高い。大人より音圧もある。それでいて話し声は平坦でないから、ぼおっと歩いている者の耳に、言葉が突然襲いかかってくることがある。大人たちも黙っているわけではなくて、ああ、とか、そうだねえ、とか、子どもに喋らせておくために相槌を打つ。風呂桶の、からんと鳴る軽やかな音もそこに混じる。

ことに冬は、閉じられた窓をものともせず、冷えた空気を引き裂いて子どもの声がぐんと伸びてくる。見も知らぬ人々に、いま自分たちは裸でいるのだと教えられることの幸福。おかげで心が安らいでいるこちらの幸福。マフラーを巻き、吐く息で眼鏡を曇らせている私の視界の外から、女の子の声が降ってくる。平屋なのに声はいったん上にあがって、それから下がる。サイタ、サイタ、チューリップノハナガ。歌なのか叫びなのか、幼稚園児らしい発声である。ナランダ、ナランダ、アカ、シロ、キイロ。

かつて園児だった私もこの歌をうたった。先生のオルガンに合わせて。ドノハナ、ミテモ、キレイダナ、とつづくその歌詞がいま、アオ、シロ、アカの星条旗の三色と頭の中で交錯する。歌っているのが女の子でよかったという時代がまたこないともかぎらない。新しいサイタ、サイタはとうにはびこっているのだ。筏井嘉一の歌(『荒栲』)がそれに和す。

冬の家にのぞみ杳《はる》かなる兒のこゑやサイタサイタサクラガサイタ

一九三八、九年頃に詠まれたものだという。片仮名の部分は四〇年まで使われていた「讀本」にある文章であって歌詞ではない。この一首について、塚本邦雄はこう書く。「讀本の用語用字をそのまま借りたものであるにもかかはらず、否そのためになほさら、妙にそらぞらしく、痛烈な諷刺に一變する」(『秀吟百趣』)。「讀本」の頁には、こんな文章がつづいていた。「ススメ　ススメ　ヘイタイ　ススメ」。この子から、真に春と呼べる春を奪ってはならない。どの花見ても綺麗だなとは言わないまでも、冬を越し、春を手に入れて、花を咲かせなければならない。角を曲がると、風呂場の歌手の声は、いつのまにか届かなくなっていた。

家がなくなることについて

午後遅く、まっすぐ進むことさえままならないほどの人波を縫って右に左に移動しながらやってきた美術館で、これで最後になるという収蔵品展を観て過ごした。記憶に残る企画展も少なくないけれど、けっして贅沢とは言えない広さの制約をものともしない作品の質の高さにあらためて心を動かされ、その余韻が消えないようにと、陽の落ちかけた古い街のなかをしばらく歩いた。絵を観るついでに立ち寄っていた古書店が店をたたみ、水に浮かぶ美しい箱が閉じられようとしているいま、おなじく消えていった時間の跡を求めて足が細い路地に向かう。薄闇のなか、かつていっしょに歩きながら胸に刻んだその人の言葉がよみがえってくる。ゆったりしたリズムで吐く息に合わせるように漏れ出てきた、飾り気のない、しかも鋭利な言葉たち。

何度目かの散歩の折、仏陀の化身のような筆名で多くの作品を残した作家の自邸の前で、その人は言った。むかし、この二階にあった仕事場からよくアルフレッド・コルトーの演奏が聞こえていましたよ、西洋の文化を深く吸収してみごとなノンフィクションを書く一方で、鞍馬天狗みたいなのもひょいと産み出してしまう、土俗的なところのある方でしたね。土俗的という評語の選択に私は驚いたが、それはモーツァルト論で時代を画した批評家との対比によって、すぐさま納得のいくものとなった。批評家の家と土地はその死後に売り払われ、小さな建て売り住宅三棟に取って代わられたのに、作家の邸宅は無傷で残った。ランボーからスタートしたんですからね、なんのバックボーンもなかった、だから彼が伝統なんて言っても、どうもフィクションみたいな気がする、とその人は淡々とした口調で述べ、だいたい家が残るっていうのは土俗的なところがあるからですよ、これはじつに象徴的なことです、おまけに壊された方の家は、スウェーデンかどこかの建売住宅だった、寒い国の建物だから窓が小さくってね、ただし、木はよいものを使っていました。

優劣を論じているのではない。過去を懐かしんでいるのでもない。路地に迷い込む曖昧な発語より、曲線を大事にしつつ、まっすぐな理の歩幅も意識するようにと、未熟な人間に教えようとしていただけだ。こうした振る舞いと、それを支える厚みのある思考がほんの少しでも身に付いていたら、先の収蔵品の、すべてではないにしてもその一部には確実に存在し、のちの作品群において失われたものがなんであるかを、正確に指摘できただろう。目の前に虚しく伸びる言葉の路地が、伝統とも土俗とも無縁な形で更地にされたあとにあらわれるのは、大地震に耐える在来工法の日本家屋なのか西洋の建て売り住宅なのか。それを問うべき人は、もうあの路地にいない。

筌の音を求めて

あそこが取り壊されることになったのは、ただ老朽化したというだけの理由ではないような気もするんですよ、外からいっぱい人が集まる大きな祭りの前になると、こういうことをやりたがるものでね。マフラーというより襟巻きが風に吹かれて垂れてくるのをしきりに背中の方へ払いのけながら、老人はしっかりした声で言った。知り合いが住んでたんですが、建て替えが決まる前に逝っちまいました、ときどき、このうえの公園をいっしょに散歩してたんですよ、あたしらとおなじで、もうこういう古い団地は持たんでしょう。

ほんの数分前まで、私たちは赤の他人だった。老人は向こうから、私はこちらからおなじ歩道を歩いてきて、あいだにあった停留所で待っていた車椅子の男性が乗り込むのを手助けしたのである。風が強かったのだ。それが中腰でスロープ板を取り付けようとしていた運転手をぐらつかせたうえに、帽子を飛ばした。私は駆け寄って車椅子を押さえ、老人は帽子を拾いあげた。作業が完了すると、ともにバスを見送った。私はそこからべつの路線に乗るつもりだったので動かずにいたのだが、老人も動こうとしない。てっきりバスに乗るのだと思い込んで、間を持たせるために、なんとなくこちらから話しかけたというわけである。

私たちが立っている崖の下に、半世紀以上前に建てられた団地があって、さほど大きくはないけれど円筒を二つ重ねたオーソドックスな給水塔の先が木々のあいだからのぞいていた。あれも、壊されるんですかね。いや、最近は地下からポンプで直接水を汲みあげるじゃないですか、立ってるだけで、もう用なしになってるかもしれんですよ。そんな話をしているうち、かつて異郷の郊外にぽつんと建っていた給水塔を、地図を頼りに訪ねたときの記憶がよみがえってきた。あの日もたしか、強い風が吹いていた。当時はまだ嗜んでいた巻き煙草の薄い紙が、鳶にでも攫われたように空に舞いあがったことを思い出す。バスの顔が道路の先に見えた。そうだ、目的地を変えて、あの胴のくびれた三の鼓の形の、美しい給水塔がいくつもならぶ団地を訪ねてみようか。これだけの風が吹いているのだ、それらが巨大な笙と化して、異界の音を響かせてくれるかもしれない。

バスが停止する。どうぞお先に、と私は老人を促した。いや、わたしは乗らんのです、公園に行きます。驚きつつ、あわてて乗り込んだ私の背後で、扉がぷしゅうと閉まる。お気をつけて。そう言おうとして振り返ると、老人はもう、古びた背中を帆にして風を受けながらゆっくり歩き出していた。

お前に急所があるか

はずれの町を歩いていたら、酒屋を急いで改装したような、比較的明るい万屋という趣の見慣れないコンビニがあった。ガラス窓に郵便のマークが貼られている。ということは近くにポストがあるはずだ。店の前には見あたらないので、周りを少し歩いてみると、専用駐車場の隅に止められたワゴン車の陰に、赤い円筒型のポストが立っていた。ちょうどいい。鞄に入れたまま投函できずにいた事務書類の封筒をついでに出して行こう。差し出し人の住所から遠く離れた土地の消印があればちょっとした謎かけのようになって、先方の気持ちが和らいでくれるかもしれないし、いまや希少種となったこの鋳物の口を通せば、消印にも焼き印に匹敵する効果が生まれるかもしれない。

それにしても、都内で丸型ポストを見たのは何年ぶりだろう。ずっと以前に暮らしていた私鉄沿線の町にはまだこの型があって、郵便物はいつもそこから出していたのだが、一度、かなりお年の、きらめく白髪の女性が、お地蔵様にでも対するようにそのポストの前で神妙に両手を合わせ、背筋を伸ばして祈っているのを見たことがある。よほど大事な手紙だったのか、あるいは想像もつかない遠方に送る手紙だったのか。このときの時間が止まったような光景をいまも鮮明に覚えている。おなじ赤でも、ポールの上に箱が付いているポストの前で祈っている人にはお目に掛かったことがない。ぽってりとお腹の出ているいかにも鈍重そうなこの円筒には妙に肝の座った趣があって、やはり祈るならこちらだと思う。彼女が立ち去ったあと正面に立つと、私もまた、弱い心の内を見透かされているような気がしたものだ。

赤ポストの「ひかえめな口」を見るたび、天野忠は「いつもためらいがちな　そのくせどっしりと／妙に落着いた不安の受容を感じる」と詩った。願いをかなえるかわりに、不安を飲み込んでくれるというのである。彼はそれを、「急所」と呼んだ。弱さではなく、強さの証としての急所。

それは何か　何かこう
生きようとする中心でよびあう忍冬《すいかづら》のような匂いだ
岩角にまつわりついて這い上がろうとする
懸命な血の気のひいた厚いてのひらのような力だ

冬を忍んで育てた心の余裕が、他者の忍苦を引き受ける。いま目の前にしている赤いポストの小さな口にも、その力があるようだ。詩人は最後に一行空けて、鋭く問いかける。

云え
お前に急所があるか。

（「急所がある」現代詩文庫版）

血の気の引いた手で、お前は他者の不安を受容できるのか。答えに窮して私は棒立ちになる。うまくたわめてやらなければ口に入らない、厄介な角型三号の封筒を抱えたままで。

小ささと悲しさを並べる

不規則な風が舞っていた。巻いていたと言うべきだろうか。歩いているときも立ち止まって水面を眺めているときも感じなかった空気の流れが、小さな板きれをかたかた鳴らす音ではっきり見て取れた。風の音というものは存在しない。吹かれたものの仕草によって、それは可視化されると同時に聞こえるものになる。中途半端に余った時間をつぶすため、石を投げることも釣りをすることもできない池の周りを歩いたあと、ベンチに腰を下ろしてわずかに汗ばんだ身体を休めていたら、木々のざわめきでもなく人の声でもないその乾いた音が伝わってきたのだ。お堂の方からだろうか。行ってみると、週末とあって少なくはない人たちが賽銭箱に小銭を投げ入れ、なにやら真剣に祈っていた。かたかた鳴っていたのは絵馬だった。一つの鍵フックに三、四枚の板がぶら下がり、それが左右に揺れてカスタネットみたいに音を立てていたのである。いちばん手前のものはときどき裏返って、縁もゆかりもない男に、半ば公開を前提とした秘密の願いごとを切れ切れに教えてくれる。

——でんしゃのしゃしょうに　なれますように。

絵本の分かち書きで覚えたのだろうか、子どもらしい文字で、あいだに一文字分の空白がある。ひらがなで記されると、「しゃ・しゃ・しょ」という風が目に見えてくる。

——ちいさいジジとかなしいジジがよくなりますように。

かなしいジジとは、どういうことか。小ささと悲しさは、こんなふうに並列させうるのだろうか。

——弟がはやく話すことができるといい。

二度あらわれる「が」のリズムに奉納カスタネットの音がかぶさる。定番の文末も風に流れる。

その三枚だけ読み取って石段をのぼり、賽銭箱の前に立った。先刻、駅の広場で高校生たちが抱えていたダンボール箱に形のよい小銭を入れてしまったので、財布のなかには単位の極端に小さなものしか残っていなかった。どう考えても三人分の願いを後押しするには不十分である。しかたがないので社務所に行って、いちばん大きなお札でお守りを買い、釣り銭を投げ入れた。神や仏を信じているわけではない。絵馬の書き手と気持ちの波長を合わせようとしただけの話だ。電車の車掌になれますように。小さい爺と悲しい爺がよくなりますように。弟が、はやく話せるようになるといいな。三つ目を少し柔らかく言い換えてみたのだが、どうもしっくりこないので、もとの文言で祈り直した。

お堂を離れ、だいぶ歩いてから、最後に言い直したぶんの賽銭も投げるべきだったことに気づいた。お守りは、ポケットのなかに入れたままだ。願いがかなったかどうかを確かめる術が、私にはない。

非常前夜のこと

もうじきですから、濡れ縁に出て御覧になりますか。女将さんの言葉で一同座敷をいったん離れ、うっすらと月の光を返している川に面した古い硝子格子の引き戸を開けて、用意された厚手の座布団に腰を下ろした。酒を飲まず、火照りのない私には、風がいくらか冷たく感じられる。十九時四十五分頃にこの前を通過する予定だと教えられたとき、そんなに正確な運行をしているのかと驚いたのだが、時間になると闇のなかに橙色の篝火の珠が三つ四つ浮きあがり、ゆっくりこちらに移動してくるのが見えた。川面の火はあまり揺れていない。一つ、また一つと火の珠が流れて、舟全体を照らし出す。一艘だけ火の勢いが弱く、近くを過ぎるまでその姿を認めることができなかった。

全部で五艘、鵜の鳴き声もなく、どこかもの悲しい空気をまとったまま、下流にひろがる町の灯りに溶けていく。橋の向こうの灯りがなければ、もっと映えるんですけれど、と女将さんが言う。しかし、夏の盛りの、人の姿の多い時期ならともかく、静寂を通り越して沈黙の塊となっていたこの空気をまぎらわすには、街の灯はどうしても必要だったろう。一週間ほど前、逃げた鵜を追って水に飛び込んだ老船頭が亡くなり、今季の鵜飼はいったん中止されていた。本来は六艘で組まれるはずだったのに、欠落を抱えた状態で、前々日に再開されたばかりだったのである。そこには弔いの空気が漂っていた。

少し下ったおなじ岸辺の料亭で、大正十年、鵜匠ではなく鵜の眼をした二十二歳の若者が、十五歳の少女に結婚を申し込んだ。東京のカフェで働いたあと、この町の寺の養女となっていた彼女を追って、無口な若者は都合三度やってきた。婚約したのは秋、二度目の滞在の折である。篝火に映えた少女は、しかしすべての準備を整えて彼女の到着を待っていた青年に、突然婚約破棄の手紙を送る。離れていたわずかなあいだにそのか細い身に起こった、まさに「非常」としか言いようのない悲痛な出来事が、彼女に辛い決断を強いたのだ。恋の船頭は闇に姿を消した。青年は、のちに鵜の眼を虚ろな鷹の眼にかえて言葉の篝火を焚きつづける人となり、少女は昭和二十六年、四十代半ばで不遇な生涯を閉じた。

会食を終えると、青年の絶望をよそに、希望という名の高速鉄道で帰途に就いた。車内販売の珈琲の苦みが、口中に残っていた天然鮎のはらわたのかすかな苦みと混じり合う。こんな後味の言葉をいつか捕らえてみたいと思いながら、電気の篝火が照り返る厚い硝子窓の向こうを眺めていた私の頬を、吹くはずのない非常の風がそっと撫でて行った。

隣を接続していく

その家の外壁とブロック塀のあいだの通り道に野良猫の一家が暮らし始めて、もう五、六年になるだろうか。最初に知り合ったのは虎斑がオレンジに光る毛並みのよい成猫の方だったのだが、いつのまにかお腹が大きくなり、しばらくすると白茶や虎柄の仔猫たちが横に並んでいた。姿を認めて見つめると、向こうも顔を揃えてこちらを見る。一分立っていれば、彼らも一分動かない。寄ってくることも、逃げ去ることもない、屋外で自由に暮らす猫たちとの、ごくふつうの付き合い方である。

もっと陽当たりがよくて広い場所もあるだろうに、彼らはみな面と面のあいだで重なるように寝そべり、一列縦隊で座ってなにかの訪れを待っている。猫たちがこうした隙間に柔らかい背骨を合わそうとするのは、意思ではなく習性にすぎない。ただ、この一家の挙措には、他のどこでもなくそこに居つづけようという決意が認められた。存在のすべてを世界の隙間に委ねうる特別な種族。敬意を表して、ふさわしい呼称を与えたい。さして時間を掛けずに思い付いたのは、間隙を好む動物、つまり間隙性動物という一語である。悪くはない。書棚と書棚のあいだの獣道で何時間も過ごしうる私自身も、その種に数えていい。

　ある日の午後遅く、いまや立派な成猫となった留守番役の白茶に挨拶を送ったあと、町の図書館で調べものをした。事典で「か行」の項目を開き、「海岸」の解説に目をやると、特別扱いしていたわが種族の名が飛び込んできた。驚いたことに、間隙性動物とは、砂浜に棲む「微小な甲殻類、多毛類、線虫類など」を意味する、すでに認定された学術用語だったのだ（『世界大百科事典』）。

　この場合の間隙は、塀と外壁といった平面に挟まれた空間ではなく、いびつな砂粒と砂粒がいくつも接してできた、限定はされているものの実質的には無限に近い豊饒な「あいだ」を意味する。右往左往しながら均衡を取るのではなく、どちらの壁にも身体を付けられる適切な幅を探し出し、身心を介して左右をつなぐ点を見出すことこそが、真の間隙性なのである。窮屈に見えて、これは隣の仕切りや隣の粒を隔てた向こう側に想像力を働かせるための第一歩なのだ。いまの世に欠けているのは、肌を接している隣を無限に連結していく想像力なのかもしれない。

帰りもおなじ道を辿った。白茶の隣に虎斑がいた。両者は融け合うようにぺたりとくっついて、塀と外壁を接続している。立ち止まって眺めていると、気配を察して、ともに顔をあげた。四つの瞳には、心と心の砂粒のあいだに染み込んだ養分を逃さない間隙性思考の光が、まちがいなく宿っていた。

調律されない足音

人混みのなかで、いきなり引っ張られたように身体が右に傾き、足裏が地面に貼り付いて、また勢いよく解き放たれた。足もとを見ると、この先どこかで結び直そうと思いながらだらしなく垂らしていた靴紐が、みごとに切れている。誰かに踏まれたのだろう、足首に軽い痛みも感じられた。激しい雨で増水した川の中州の、頼りない一本足の杭となってしばし茫然としていたのだが、救いの手を差し伸べてくれる者など一人もいはしない。両脇を、人波がごうごう音を立てて流れていく。勇を鼓して、私は片足跳びでその流れに突っ込み、なんとか舗道の端まで移動した。少し先に喫茶店の看板が見える。ビルの壁を味方にゆっくり歩を進めると、運よく通りに面した席が空いていた。迷わず、そこに腰を下ろした。

冷たいオレンジジュースを飲みながら、大きなガラス窓の向こうをずんずん歩いていく人々の姿を眺め、彼らの足もとに目をやった。五分、十分、二十分。靴紐を踏まれるような間抜けはあらわれず、流れを遮る無法者も出て来ない。みな両足を滑らかに回転させ、強い陽射しを照り返す前の人の背中を追っていた。外の物音は室内に流れる音楽と話し声のせいで、まったく聞こえない。もちろん、足音も。音を消した往来の映像は、頭のなかで、いつのまにか不穏な香りの漂う物語の断片に溶け込んでいった。

関節を病んで右足を切断した主人公が、退院後、妻と二人、夜の喫茶店の二階の低いテラス席から舗道を行く人々を見下ろしている。桐の花が咲いていた初夏、彼は病室で「さまざまな足の姿の幻の海に溺れて」いた。事例として挙げられるのはどれも両足である。彼は「人間の健かな両足が交る交るに地を踏む姿を貪り眺め、その足音に聞き惚れたかつたのだ」（川端康成「人間の足音」）という。

主人公の顔は、徐々に蒼ざめていった。健やかに揃っている足音が一つもないのだ。しかし、変に揃った足音は邪悪な記憶をよみがえらせ、時間を掛けて獲得した破調を飲み込んで、個々の不揃いを推進力にしていく多足類の動きをつぶしてしまうのではないか。もしかすると私は、先般、鵜舟の浮かぶ川で夜を過ごしたときから、この一篇の書き手の、身体の欠損を凝視する特殊な眼力に心の靴紐を踏まれていたのかもしれない。でなければこんな連想が働くはずもないだろう。ガラス窓の向こうの途切れることのない人波から、痛みの引き始めた自分の足もとに目を移す。そして、ありえない事実を前に言葉を失う。切れた方の紐と、残っている方の紐の太さが微妙にちがっていたのだ。私の足音は、そもそもの最初から調律が狂っていたのである。

不在の縁をなぞる

不定期に送られてくる文字情報を確認するために四角い光源をのぞいていると、すれちがう人々から柔らかい視線を投げられるようになった。不思議なことに、単独行は少なくて、たいていは二人か三人、適度にばらけながら移動している。見えない境界線の内側にこちらが足を踏み入れた瞬間、ただちにそれを察知して彼らは顔をあげる。すると、あたりに小さな光が明滅し、鬼火のように揺れて、静かに消えていく。通い慣れた舗道で、公団住宅の中庭を抜ける近道で、生産緑地の脇道で、ロプノール湖のように場所を変え名前を変えて街をさまようコインパーキングの陰で、彼らは蒼白い光の向こうにいる何者かと対話を繰り返している。

ほんのしばらく前まで、小さな計器を片手に、おなじような仕草で町中を歩いている人がいた。時折立ち止まって液晶表示を睨んではノートになにかを書き込んでいたあの思い詰めた表情は、しかし複数で歩いている新世代の測量士たちにはなかった。約束の場所に向かう途中で現在地を見失った不安げな様子も、心ない言葉に対する警戒心も、また、そういう言葉を掛けてくる連中に対する敵愾心もない。いっさいの負の感情を排し、憐れみと友愛、さらには悲しみさえ宿してそのまま画面のなかに頭を突っ込み、とぷりと身を沈めてしまいそうなはかなさがある。

無言のやり取りが増えたのは、たしか盂蘭盆会の頃だ。黙礼に似たこの儀式を、私は既知のものとしてごく自然に受け止めていた。負の感情がないことをあらためあらためて確認したうえで言えば、それは、大切な存在を骨と灰に変えていく施設のつるんとしたリノリウムの通路や、墓地につづく細い路地で目的をおなじくする人たちとすれちがったときのそれに近いものだったのである。

これらの人々が、目の前の現実に仮想の世界を重ねていく遍路の進化形であることを教えられてからも、私には彼らが虚構のなかに逃避しているとは思えなかった。虚構を虚構として引き受け、それをもう一度、底をついた現実へと引き戻す作業をみずからに厳しく課すことによって、蔑ろにしてきた不在の縁をなぞろうとしているのだ。穏やかに暮らせる場所を失ったいとけない生きものたちに手を伸ばし、抱きかかえて、よりよい空間に送り出してやること。誠意ある弔いを待つ無数の個体が、いま、あちこちをさまよっている。

ともあれ、目配せされた私も、地に足を付けず、戦いもせず、進化もしないで歩きまわるそのような個体の一つに、慈悲をもって数えられていたのかもしれない。

菱の実の手裏剣になって

事情があってしばらく押し入れに保管してあった小型スピーカーを取り出し、いま使っているモデルのうえに設置してみた。それがこの往年のメーカーの特徴でもあった、和家具か欄間を思わせる菱形の檜格子は、あいかわらずよい状態を保っている。購入してからすでに三十数年、海外にいた何年かを除いてずっと鳴らしてきたので、この二つの箱のたたずまいに私は特別な愛着を抱いているのだが、眠らせていたぶん目覚めが悪く、思うような音が出てくれない。小音量でクラシックのピアノ曲を流したまま、私は仕事に必要な本を幾冊か手に取った。なかに『枕草子』があった。久し振りに頁を開くともう止まらない。本の音は立ち上がりが早くて、所々ではっとするようなリズムを刻む。ところが、第百四十段、「恐ろしげなるもの。」で先に進めなくなった。

恐ろしげなるもの。
橡《つるばみ》の梂《かさ》。
焼けたる野老《ところ》。
芡《みづふぶき》。
菱《ひし》。
髪多かる男《をとこ》の、洗ひて乾《ほ》すほど。
（「新潮日本古典集成」版）

橡はとちの実、つまりどんぐり。野老は山芋の意。芡は水蕗。落ちの部分が突出して鮮明な像を結んでいただけに、前段の列挙のなかに菱が入っていることを私は完全に忘れていた。古典を習い始めた頃、平安貴族の女性たちの、巻物にも描かれているみごとな垂髪の手入れについては、米のとぎ汁を用いるといった解説を読んだ覚えがある。しかし男性の髪に関する説明はどこにも書かれていなかったので、少々乱暴な水洗いを想像し、それによって生じる空気の歪みまで捉えそうな書き手の感覚に、ひたすら感心していた。未熟というほかない。巧みなのはその前段なのだから。ごつい笠から細長い蕊に変化し、光沢のある緑の葉と、おそらくはあの黒い実までふくめた菱の姿が、無器用に濡らしたままごわついている男の髪に重ねられるのだ。なんとグロテスクで淫靡な眼であることか。

私はそこで清少納言の背後にまわり、スピーカーの菱格子を眺めてみた。すると、あの細かいダイヤ形の細工が、一度繁茂した情慾の名残りのように見えてきたのである。曲目をアリアに変える。人の声が菱の実の手裏剣になって飛び出す。硬く締まった、ほのかに甘い秋の季語のような響き。曇天の夜を、これで過ごそう。髪を洗わず、だから乾かしもしないで。

はちこうせんを浴びる

頭の片隅で、瞬時に解析が始まった。音から漢字への変換には、その音が喚起しうるものとの親しみの度合いや、文脈の理解が大きく影響する。この二つの要素に支えられた慣れの感覚が日常の暮らしを支えているのだが、一方で慣れは安心を生み、安心は言葉へのつまずきを抑え込む。意味を欠いた音、意味の重層する音にぶつかると、心を不当に閉ざしているような罪の意識に苛まれて、早く回路を開かなければと焦りを覚える。意味をなす単位が見えるだけによけいに混乱をきたすのだ。

ごみのいち。それは、男性の声で発せられた。古いラジオの、接触の悪いガリガリした雑音に混じって聞こえてきた音の連なりは、まず、あまり好ましくない変換をもたらした。上二つの文字を、塵や芥がどうしても占拠してしまうのである。字面をごまかして垙と書くこともできるけれど、蚤の市からの連想で、「のいち」を「の市」とすると、やはり美しくない。売るものを上に、売る場所を下に。あるいは、地名を上に置くこともできる。そうこうしているうち、男の声のあとにつづいて、明るい女性の、ふわりとした方言が響き、今度は彼女の口からさらに謎めいた音が発せられた。かきおこ。か、き、お、こ。なにかが私に、隠された真実を書き起こせと迫る。かきおことは、殴り書きした控えの浄書を意味するのだろうか。

耳を傾けていると、かきおこの方が先に明らかになった。牡蠣の入ったお好み焼き。そんな贅沢な食べものがあることに、かつそんな乱暴な略し方があることに、素直に感動する。どうやら西の県の話題を報告する番組だったようで、ごみのいちが意味するのは、五味の市。近辺に住んでいる方々にとっての常識が、こちらには通じない。女性はあらかじめ用意された質問に、明るく答えていく。多少のぎこちなさが取れ、いよいよかきおこの核心に触れられるだろう。そのときである。音声が急にフェードアウトし、爆裂する雑音の裏から、さっきとはちがう男の声が流れてきた。ここで……お知らせ……見合わせていた、はちこうせん……しました。冷えかけていた脳が、また熱を持つ。蟹工船を蟹光線と思い込んでいた少年期の悪夢がよみがえる。はちこうせんが蜂光線となり、さらにハチ公線となって、都心の待ち合わせ場所にあらわれた船に駆け込む犬の銅像を照らし出す。

はちこうせんは、八高線だろうか。備前から東国へ、みごとに跳んだものだ。公共交通機関の運行状況の変化をいち早く報じるのは、おそらく正しい。しかし遠く離れた土地の鉄道事情に、渾身のラジオ出演を妨げられた彼女の無念はいかばかりであったろうか。私は棒立ちになって、久し振りに晴れた空から注ぐ光線を浴びたまま、牡蠣のように口を閉ざしていた。

天を伴う者、天を破る者

曇り空の一部が赤味を帯びた内出血の黒い綿に変わって、雨が落ちてきた。あたりが暗くなるにつれて綿はぎゅっと引き締まり、そこだけ球果の硬い膨らみを見せ、上空に満ちているはずの光をミラーボールのようにきらきらと下界に漏らしている。あと少し待てば、雲の海が赤紫の核を中心に渦を巻き、ほぐれ、ちぎれて行くのだろうか。空の下に鉄道の高架が見えている。早足で歩けばあと数分で駅に着くだろう。リュックのなかには五平餅のような傘が入っていた。これをひろげれば濡れずに済むのだが、中途半端に湿った折りたたみの傘ほど電車のなかで扱いにくいものはない。

斜め上に眼をやり、どうしようか決めかねて悶々としたまま歩を進める。背後からどたばたした足音と嬌声が響いて、学生ふうの男女がたちまち私を追い抜いていく。どうしよう、題目届け、間に合わないよ。切羽詰まった男の声に職業柄鋭く反応した瞬間、アスファルトの継ぎ目の小さな段差につま先が引っ掛かってつんのめり、華麗なたたらを踏んだ。上半身が低い宙を泳ぐ。下半身がそれを追う。両手を地面につく寸前で奇跡的に持ちこたえると、ふたたび頭をあげ、雨と光をいっしょに降らせている天を仰いだ。パードレでもなんでもないけれど、転ぶことが日々の営みとなっている者には、転びバテレンという言葉が親しみをもって迫る。しかしこのとき頭のなかでバテレンは伴天連と音写され、原義を離れて、天を伴っていく者の姿であらわれた。晴天、曇天、雨天。どんな天候にも付き従う者。不注意で転ぶわけではないのだ。

一つしかない天を、同時にさまざまな顔を見せる「父」を仰ぎながら転ぶ。その宗教的な意義を、いまさらながら思う。小雨くらいなんだ、黒い雨くらいなんだと居直りの許される時代はすでに遠い。電気を産む巨大なへっついの鋳物に致命的な不具合が見出されつつあるなか、パードレをペールと記す大国の西南に位置する大窯の穴から、ついこのあいだ、基準値を超える物質が約二分間放出された。現場の人間にも近隣の環境にもなんら影響はないというのが、経営側の公式見解である。伴かの国にもこの国とおなじく、よい方向に転ぼうとする「父」などもういない。

天連は破天連とも表記する。天を破る者どもが、天を伴う者の背後に隠れているのだ。雨はしだいに強くなる。題目届けは間に合うだろうか。それとも落語の「鰍《かじか》沢」さながらお題目で助かってカトリックから法華経に転ぶのだろうか。とりあえず、傘を差して、いったん視界から天を遮断しよう。光は、言葉は、ほら、地の上にも落ちている。

黒い旗のはためき——あとがき

あれは中也ですか。月に一度、拙文が活字になると、偶然それを目にした方々からよく尋ねられた。曇天はこの詩人の専売特許ではない。しかし『在りし日の歌』の詩篇は、つねに心にあった。「曇天」が発表されたのは、「改造」一九三六年七月号。数カ月後、中也は二歳の長男を亡くして、身心の均衡を失う。詩のなかの語り手は、朝、空のなか、「空の奥処」で、黒い旗がはためいているのを見る。高すぎて、音は聞こえない。無音の映像をただ眺めているだけだ。分かち書きによる風通しのよさと、不穏な未来を予見する暗さが混じり合って、時間を混濁させる。まだ誰も目にしたことのない未来に、「在りし日」という過去形をあてがう。

一年の予定で始まった連載が二年に延び、三年目を迎えようとしていたとき、「おなじ空の下を」で記した未曾有の惨事が起きた。公の場で繰り返される紋切り型。それを口にする人々のふるまいのいびつさ。表現の水位の、あと戻りできないほどの低下。私はそこでまた、「黒い　旗が　はためくを　見た」という中也の詩句を思い浮かべた。二〇〇八年の秋、まだ書かれもしていない文章に「曇天記」という通しタイトルを付した瞬間の奇妙な心のざわつきの意味が、そこでようやく理解できたのである。

黒い旗をそのまま半旗にしてしまうような世の流れに与するわけにはいかない。ならば曇天の思索を可能なかぎりつづけよう。正しい方向に投げられた即効力のある言葉を支えるためにも、初動の鈍い遅効性の言葉を信じ、雲の向こうの光を取り込んで、可聴帯域を超える旗のはためきの音に耳を澄まそう。そんなささやかな決意をもって継続された曇天の思考は、今年で十年目を迎える。ひとまず、そのうちの百回分を上梓する。この先も、どんよりした雲のような散文が言葉どおりちぎれて散ってしまうまで、「空の奥処」を粘り強く見つめることになるだろう。

二〇一八年二月

堀江敏幸

月刊「東京人」連載「曇天記」（二〇〇八年九月号〜二〇一七年二月号）
写真担当　長野重一（第一回〜第六回）、鈴木理策（第七回〜現在）
編集　田中紀子

堀江敏幸（ほりえ　としゆき）
一九六四年岐阜県生まれ。
作家。
主な著書に『おぱらばん』
『熊の敷石』『回送電車』
『雪沼とその周辺』
『河岸忘日抄』『正弦曲線』
『なずな』『戸惑う窓』
『その姿の消し方』
『坂を見あげて』
など。

曇天記

二〇一八年三月二十三日　発行
二〇一八年六月二十三日　二刷

著者　堀江敏幸
発行者　高橋栄一
発行所　都市出版株式会社
東京都千代田区飯田橋四－四－一二ワイズビル六階
郵便番号一〇二－〇〇七二
電話　販売　〇三－三二三七－一七〇五
編集　〇三－三二三七－一七九〇
振替　〇〇一〇〇－九－七七二六一〇
組版　明昌堂
印刷・製本　大日本印刷株式会社

Printed in Japan ISBN978-4-901783-65-1 C0095
定価はカバーに表示しております。